位於台北縣三芝鄉的「源興居」，是一幢古樸的舊宅，李登輝先生誕生在這裏。

民國十八年，李登輝六歲，開始上小學。

民國廿四年三月，國小畢業典禮後合照，站在第五排左列第十人爲李登輝。

民國廿五年，國小高等科結業，站在第四排左列第三位爲李登輝，時年十三歲。

民國卅年，入台北高等學校就讀。

民國廿七年，就讀淡江中學二年級。

民國卅一年在台北高等學校結業時與同班同學合影。坐在前排左列第四位爲李登輝。

民國卅二年李登輝（後排右）二十歲那年，赴日留學前夕和家人合影留念。

民國卅二年，負笈日本，在京都帝國大學農業部農林經濟科攻讀。

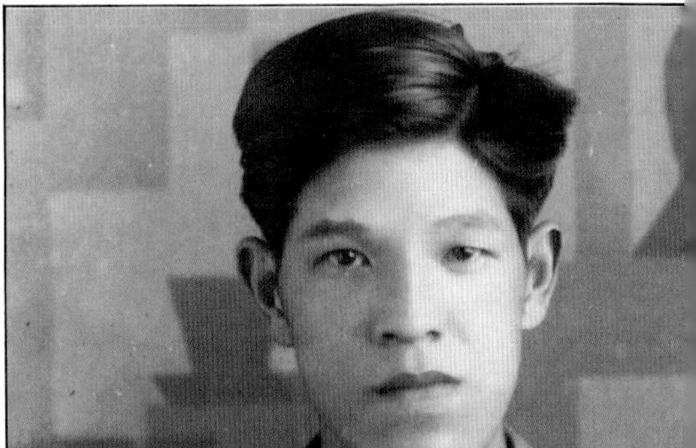

攝於民國卅六年仲夏，當時李登輝是臺灣大學二年級的學生。

民國三十八年，李登輝與曾文惠締結良緣，合影於台北市溫州街新房門前。

民國四十一年，李登輝（前排中）考上公費留學，赴美前夕與歡送的同學友好合影。

留美期間，攝於愛荷華大學宿舍前。

學成歸國後，民國四十二年開始在台灣大學任教。

民國四十五年，李登輝（右二）帶領日籍教授視察台糖公司三年輪栽甘蔗農場。

在農復會辦公時留影。

民國四十七年秋天的闔家照，當時李登輝卅五歲。

留學康乃爾大學時的住所(二樓)。

民國五十七年，李登輝獲博士學位，夫人赴美參加畢業典禮。

民國五十九年，李登輝四十七歲時的全家福。

台北市長任內，以身作則倡導早安晨跑運動。

李登輝任台北市長期間，大力倡導藝文活動，圖為音樂舞蹈季敲鑼揭幕。

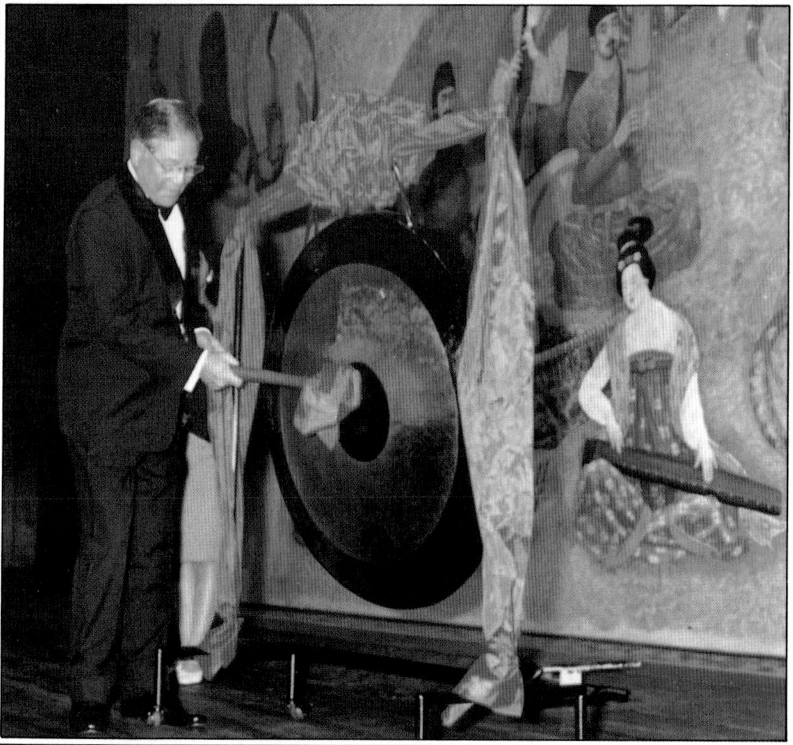

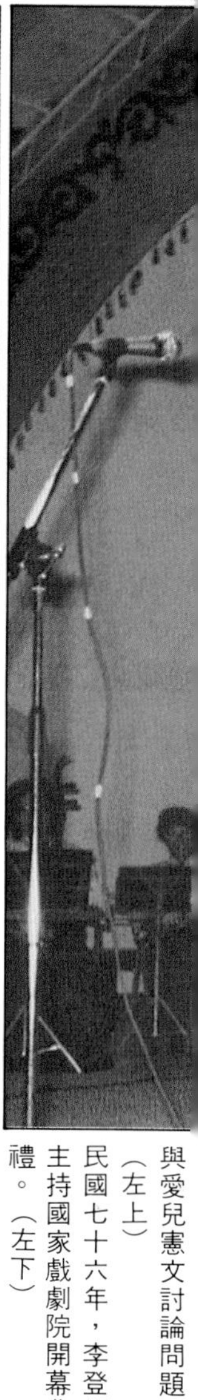

與愛兒憲文討論問題。（左上）

民國七十六年，李登輝主持國家戲劇院開幕典禮。（左下）

對基督教信衆詳細講解宗教人生的眞諦。

頒贈匾額予證嚴法師，以褒揚其慈悲濟世義行。

民國七十八年，接見音樂家李淑德師生。

民國七十七年春節闔家團圓照。

孫女巧巧的孝心，是李登輝最大的安慰。

在三芝鄉祖墳前，每年總要虔敬祭奠追思。

尊翁李金龍先生華誕，兒孫滿堂，共享天倫之樂。

春節回三芝鄉老家過年，發壓歲錢給親族鄉鄰的小朋友。

老吾老以及人之老，偶遇兩位老太太，親切問好。

與青年學生在一起是最快樂的時刻。

文訊叢刊⑫

信心・智慧與行動

——李登輝先生的人格與風格

文訊雜誌社 主編

編輯報告

一、本書訪談李總統登輝先生從出生迄今各階段重要關係人，側面報導其人格與風格。

二、本書命名「信心、智慧與行動」，取自李總統於民國七十一年十月七日在第一屆中國基督徒大會中的講話。

三、本書計廿五篇，十九篇爲個人專訪，五篇爲綜合採訪，一篇由原擬受訪者自述。總計參與寫作者十四名，主要是作家，亦有記者。

四、本書前有「編輯報告」，說明本書體例；後附一簡略年表，以爲閱讀本文之參照。

五、本書內容分輯以受訪者與李總統關係爲準，輯一「勤奮用功」，訪談對象爲童年玩伴、鄉親、校園師長、同學與學生；輯二「眞才實學」，爲學生兼部屬；輯三「突破難關」，純爲部屬，選其從政歷程中重點事件之參與者；輯四

「寬容慈愛」，爲學界、民間的友人；輯五「文化素養」，以文化藝術界爲主。

六、本書各篇皆各自獨立，筆法亦各有不同，敍述語言以流暢信雅爲原則；資料重覆或有記載衝突之處，均經編者考證後酌情刪減或調整；稱謂依文理脈絡之需要而自然運用，不硬性統一。

七、本書以攝影配圖，集中處理於本文之前，總計卅五幀，編排成二十四頁，各有圖片說明，以銅版紙彩色印刷。編選原則是：掌握李總統的生命特質，注意其發展變化，著重生活面的自然以及文化面的參與。

目錄

輯二 眞才實學

輯一

勤奮用功

從三芝到淡水

——走訪李總統的家鄉

丘秀芷

三芝鄉親你一言我一語，
樂趣無窮的說他們最傑出的鄉民
——李登輝先生，
言語中有無限的愛，
因爲他是鄉里出來的子弟啊！

朱明煌先生說：他是念舊的人

車子由重慶北路走，經過士林區，入關渡，再進淡水，看到中正東路，彎入五十一巷，如朱先生在電話中所言，右側有棟老舊建築。一問路人，果然是一信合作社的宿舍。拾梯而上，壁上水漬斑駁。到頂樓，一位瘦削老者已把房門打開，他的臉上浮著自然的笑意，令人一看就熱絡起來。顯然的，他就是我要拜訪的朱明煌先生。

很早的時候，他是徵信新聞報（中國時報前身）駐淡水記者；二十多年前，轉任新生報記者，仍駐淡水，一直到現在。也許是記者的訓練使然，他不等筆者發問，就把筆者想問的事一一道來，沒停頓過。

原來，朱明煌先生不僅是李總統兒時的玩伴，同時也是李總統唯一親兄長登欽先生少年時最要好的同班同學。此外，總統念淡水公學校時，全家曾租住朱先生家裏一段時日。

民國七年生，比登輝先生大五歲的朱先生說：

「阿輝仔到五年級才轉來淡水公學校。自小學就比他阿兄登欽仔高。他個性卡內向，只是讀書眞認眞，不愛說話。他母親很疼他，他也很孝順老母。」

問：那時就住在中正東路這裏嗎？

「不是嘍！那時我住在九崁仔街五十二號，也就是現在淡水重陽街大豐旅舍隔壁三、四間。」

既然是租房子，可見得那時登輝先生的家境不是很好！

朱老先生說：「他本厝在三芝，就是爲了讀書才搬來，不過他雖然是轉學生，書讀得很好。人長得又瀟灑，臉色白底透紅。」

朱先生有時以閩南語說，有時又以國語說。他的國語還不錯，終究是做記者的人，相當健談。他又說：

「我在和他離開四十五年後才再相見面，那是他做省主席時，來巡視北縣基隆的農田水利。我以記者身份去訪問，他和地方上的人一一握手，一看到我就認出來。」

「我跟他談話時，忍不住衝口說出：阿輝仔，你今天做省主席，你老母在天之靈一定眞安慰。」他又繼續說：「他老母在光復後沒多久過世，登欽仔給日本人調去海外做軍伕，沒消息，阿輝仔又去日本讀書，他老母煩惱得身體壞了。」

民國七十四年四月廿七日，登輝先生於副總統任內，回到淡水國小母校。遠遠看到朱明煌先生就招手，等靠近時，就問：

「你記得我媽媽否？」

朱說：「記得，我還記得你媽媽的閨名叫『阿彼仔』，對不！你老母人眞好，疼自己的孩子，也疼別人的孩子，對我們很好，對厝邊也很平和。」

後來民國七十六年，淡水國校九十周年紀念日，登輝先生又回母校，朱明煌原也去採訪，但是發現相機壞了，想趕回家換另一台相機，可是再回學校，登輝先生已離開，同業的記者問朱先生：

「你到那裏去啦？李副總統找你咧！」

朱明煌先生只有頓脚。同時也讚嘆：「他是念舊的人，沒有說因爲做到副總統，就忘了我們。」

黃昌材先生說：阿輝仔是一個眞古意的人

黃昌材先生開了一家骨董店，在媽祖廟隔壁。

走在淡水中正路上，過了媽祖廟，果然，有家古老的店舖，一邊賣米，一邊賣骨董。一位戴法蘭絨帽的老先生在店裏，他也是瘦瘦的，頭髮白了，跟朱明煌先生一樣，黃先生也是菸不離手。

黃先生和登輝先生是小學同年級同學，隔壁班的。但十分熟絡，爲什麼？

「登輝先生轉學來淡水公學校時，已經五年級。那時爲了升學，我們班和他們班要考中學的人，下課後再繼續合在一起上課，所以大家都很熟。」

「他初來時，暫住金本老師家，金本老師是九洲人，獨身，教學眞認眞。阿輝仔愛讀書，初來沒地方住，晚上就住老師家，一段時間後，他全家才搬來淡水，租九崁仔街住。」

說到這裏，黃老先生嘴銜著香菸沉思一會兒，笑起來：

「阿輝仔是一個眞古意的人，他初初來，同學欺生，他也無所謂，不會變臉，慢慢的，大家熟了，他功課又好，大家也就不會欺負他了。」

問黃老先生：總統小學時是不是第一名畢業？

「不是！他第二名，第一名的是紀福明，住在淡水河口邊。」

再問：「那您呢？」

「我，我沒什麼啦！」老人倒羞赧的不說了！我只有轉移話題：

「李總統是客家人，你們知道嗎？」

「起先也不知道，他平時沒講過他是客家人，有一次重陽節，他帶糒糬來，客家人才重視九月重陽，而且做糒糬，客家人稱爲『打糍粑』，做一小團一小團，沾花生粉。他帶很多來，我們升學班的十七個人每一個人都分享到。他說是他媽媽自己做的！我們才知道他是客家底（本籍客家人）。」

他又有很高的談話興致了：「總統的母親生得很美麗！人眞好！會做很多點心。」

我想起有次到苗栗縣長謝金汀先生家，謝先生說：「李總統在當省主席時，常來苗栗，他跟我們說過：小時候，他母親常做菜包！」

菜包，也是客家人的糕粿點心，是很讓孩子們垂涎的食物。這種點心有個好處，不會吃壞肚子。皮薄薄的，裏面包的蘿蔔絲滿滿的，很容易飽，又容易消化。

糒糬，客家人稱糍粑，則「分量十足」。全是糯米做的，這種點心不能吃到飽，會撐著。

再問黃先生：「總統小時會說客家話嗎？」

「不會講，聽說會聽一些，他們是福佬客吧！住在福佬人庄頭久了，就不會說客話，不過過年節的習性還保留客家人的習慣。」

對了，看報章上報導，總統在正月回三芝祖居，除了和親族聚會，還到祖墳祭祀。正月掃墓，也是客家人的習俗。

「再請問黃老先生，你們升學的同學後來考得怎麼樣？」我繼續請教。

「我讀高等科（類似中學預班）一年，再去念淡水中學，總統讀二年高等科再去讀淡水中學。他讀中學四年級（當時是五年制），就去考台北高校（今師範大學），結果考上。你們要知道，日本時代，台灣人讀書很難，公學校比日本小孩讀的小學校程度差一大截，台灣人考中學又受限制，有些中學校根本不許台灣人考，高校更不用說了。總統以一個鄉下中學四年的學生去考高校，想想看，有多難！」

我點頭說：「我知道，總統在台北高校同班，只有五個台灣人。」

「就是嘛！」黃老先生說：「以前日本仔，限制台灣人讀冊！」

我再問：「您淡水中學畢業後，有沒有再深造？」

「沒有啦！那時能讀中學已經很少了！我畢業後到埔坪國校教書，光復後改做校長，只做兩年，自己改行做五金生意，四十九年遷回淡水。三年前——七十六年十二月廿五日，淡水國小九十周年，登輝先生建議舊時同學回母校，我們都回去，大家才再相聚。這時他已是副總統。」

我好奇的問：「總統小學生時代有沒有不同凡響的地方？」

「那時也沒想到他有什麼特別。不過，有一次學校裏班際演講比賽，李先生代表十二學級，我代表十一學級，他的口才不怎麼好，但是內容比我好太多了！我們共同題目是

花村祥鄉長說：他連自己的弟弟也不徇私

從淡水走三芝，一路上盡是紅土地！典型的瘠土地區，但是，予人空明清曠的感覺。相思林、茶園甚多，荒草地也不少，水田不多。這個地方却能令人心曠神怡，爲什麼？說不上來。

三芝只有一條主街道，鄉公所在主要街道旁。想起西遊記的描述：孫悟空每到一地就先找當地土地爺！我既然來到三芝，最便捷的辦法是找三芝鄉鄉長。

鄉長花村祥，還很年輕，精神很好，具有三分草根性，但有七分雅氣。我說明來意，他立即泡茶，而且是功夫茶！

才聊一會兒，又有一些人來拜訪，他們也入座，一塊兒談。這些人全是本地人，一談起「我們三芝的登輝先生」，大家都興致十分！每個人臉上都光光亮亮。

花村長說：「總統並沒有特別照顧三芝鄉！」

他好像深怕人家誤會李總統會徇私，對自己的家鄉特別好。我連忙說：

「我知道，李總統是一位最公平無私的人。」

「是啊！他當省主席時對每一縣市都很公平，地方要求協助，他都要他們提出計劃，先研判可行性。」花鄉長說。

「是啊！」地方上民衆服務站吳忠光主任說：「李總統有一句名言，『我放樓梯下去，可要你自己爬上來才行。』他對家鄉要求補助的答覆也是如此。」

花鄉長又說：「他連自己的弟弟也不徇私！李炳楠先生專門做放藤條、鐵絲條給人家做家庭手工的，自己沒工廠，替工廠跑腿！他是總統的弟弟咧！」

「總統最清白，最正派，做人剛直，他也告訴他家裏的人不能利用權勢！」又一位鄉民說：「一次他弟弟在竹園開車超速，警察開紅單，跟他在一起的朋友說：『你怎麼不說你是總統的弟弟？』他說：「我才不能這樣呢，給阿兄知道，豈不被他罵死了。』」

花鄉長說：「其實他很念舊。他在副總統任內時，我因爲要建海洋博物館，去李先生府上。他正巧有人送喜餅，他切一切，每個人分一塊來吃。我看他沒變，還是保留鄉裏子弟生活的方式。他每年正月初一都回來。三芝國中、國小結業典禮，他也回來主持過。最近當選總統，四月初一又回來三芝。他說這一任總統做完退休，他要回三芝住！」

是的，他不徇私並不表示他絕情無義，從三芝家鄉人的口中，總統有豐富的情誼。而家鄉人給他的回報亦復如此。

吳主任說：「前一陣子選總統之前，報上有很多消息對總統不利，我們全鄉各村簽名，五、六千人在精神上支持他。他當選後四月一日回來時，很高興，以他自己的錢辦桌，回請地方上村民、鄉民代表、鄉長。」

「總統喜歡杜鵑花，我們也多種杜鵑花，以後你春天再來，會看到三芝鄉開滿了杜鵑花，那是總統喜歡的花。」

這些三芝鄉親，你一言我一語，樂趣無窮的說他們最傑出的鄉民——李登輝先生，言語中有無限的愛，因爲，他是鄉里出來的子弟啊！

膜拜。後來日本據台，拆了巡撫署（約今台北中山堂），媽祖神像被擱置。一次我們鄉親去台北廳開會，看到聖母神像，特請來三芝，蓋這座福成宮。民國八年請來金面媽祖聖駕，從此香火鼎盛。」

登輝先生的父親，篤信媽祖，常來膜拜。登輝先生雖是基督徒，但也尊重媽祖。鄉民咸信：是這尊金面媽祖，使三芝地靈人傑，出了一位總統。

廟裏有幾位老人，對李家如數家珍。他們說，總統的曾祖叫李乾蒼，祖父名李財生，父親李金龍，家業因數代人努力拚做，才能由窮困到小康。

總統小時很乖，曾去汐止唸小學，四年級再回三芝，五年級又到淡水。幾位老人一致說：

「總統做官有三不，不做人情、不貪財、不帶私人幕僚。」

和三五老人喝茶、聊天、聽頌經，彷彿走入時光隧道，看到童年的登輝先生，內向、規矩、文靜！他隨著細緻秀美的母親，跨過高高的木檻，到廟裏來，駐足金面媽祖之前膜拜行禮。

源興居——總統的出生地

到三芝鄉，當然要到「源興居」，總統的出生地。

源興居於三芝鄉埔頭坑一五四號，正廳前面牆磚是花磚，總統就出生在右護龍裏面一房間。如今是總統堂弟李登旺的兒子居住。門口貼著對聯是：「五福星臨吉慶家，三陽日照平安宅。」木板門上左邊貼的是「福祿」、右面是「光明」。戶扉貼的沒錯，但門聯左右貼反了！李登旺的夫人說：

「我們都是種作人（農人），他們都出去啦！」

源興居的屋頂長滿了綠草，遠遠看，倒也十分趣味。右護龍還住李家的人，左護龍則別人家居住。

從源興居走出來，斜坡下的右側，有一小小墓地，墓碑上是：「永邑顯考財生/楊妹李公/媽墓」，左下角是「民國丁亥秋季修墓，陽界一大房」。

永邑，是福建汀州府永定鄉，客家人村；丁亥年，也就是民國五十六年，那時登輝先生在農復會當技正，還沒有在政界揚名。墓地遠遠面對一大片梯田，是此地少有的秀麗景觀。

江源麟先生說：阿輝回來替我做生日

離開源興居，車子在極陡的山路上走，坡度甚至達四十多度，叫人十分心驚。我們目的地是橫山村的江源麟先生家。

車停處，小溪、池塘、竹林、鴨羣，一一映入眼簾，簡直是與世俗無沾的小小桃源。

江老先生是李總統的母舅。事先沒電話連絡，眞怕過於冒昧，但是在華課長爲我們說明拜訪的來意之後，江老先生夫婦熱烈歡迎我們進屋裏面坐。

房子較窄隘，我們出門來到小魚池旁，坐在石椅上。

江老村長眉目五官和登輝先生十分相像!他只比總統大六歲而已,今年七十四歲。

「阿輝仔嬰仔時,常跟我大姊回來,讀書以後,就比較少了。他跟他阿兄自小就很和好,不會打架。我姊姊光復沒多久就病亡了。阿輝仔他爸爸續絃,生一子一女,後來後母也病逝。後母生的弟弟炳楠仔也很親,常來我這裏說要釣魚。」

「我六十一歲時,阿輝仔回來替我做生日!」做舅舅的十分開心。

本來嘛,母舅最大。對親舅舅的孩子,總統有沒有特別「關照」?他開朗的笑:

「不需要啦。我有兩個兒子種田,小兒子在住都局工作。」

江老村長在池塘邊談著說著,天色漸暮。我們只有告辭,屋旁的紅頭鴨羣,覓食的覓食,戲水的戲水,沒因陌生人前來而驚慌。這眞是一個小桃源。

車子又在陡坡中前行。暮色中,我們離開三芝,走淡水、關渡,進入萬丈紅塵的台北市。回家時經過總統府,我不禁想:登輝先生以一個窮鄉僻壤的三芝子弟,到淡水讀書,到台北從政,這一段路途,還眞有不少波折呢!

李君：永遠是溫厚、淳樸的好友

李總統和他在「台北高等學校」的同學們

■張茂森

一進入總統官邸，
看到李總統的笑容，
聽到李總統與學生時代沒有兩樣的稱呼，
八位老同學心裡那種突然的陌生感頓時雲消霧散，
大夥兒把酒暢飲，
再一次回到台北高等學校的時日。

一百八十公分的台籍少年

民國廿九年的春天，日據時代的「台北高等學校」正在擧行入學式。當天一大早，一位名叫「岩里政男」的美少年走進了「文科甲組」的教室。長得眉目清秀，穿著畢挺，精神抖擻，而且身長一百八十公分的這位少年，立刻引起其他同學的注目。

當年「台北高等學校」(現在的國立台灣師範大學)的文科甲組一共有卅八名學生，台灣省籍的學生只有五人，其餘均爲日本人。「岩里政男」爲台灣籍，由於當時的日本皇軍分別在朝鮮與台灣實行「皇民化」政策，强迫朝鮮人與台灣人使用日本姓名，因此班上的同學都知道「岩里政男」並非日本人，而是中國人，他的眞正姓名爲李登輝。

在互相稱呼上，同學們對李登輝並不以「岩里君」稱呼，而尊重他的本姓，稱爲「李君」。「李君」在班上冷靜、沉默、認眞，加上高大的身材，雖爲同學們注意，但是沒有人想得到四十幾年後他會成爲中華民國的總統，活躍在國際舞台上。

李總統的成就不僅是所有「台北高校」出身者的榮耀，更是日本「台北高校十八年會」(李總統這個班級是民國卅二年——昭和十八年畢業)的最大驕傲。

民國卅二年，「台北高校」自文科甲組畢業之後的日籍同學，大家分道揚鑣，但是彼此都沒有忘記高中三年的同窗之誼，當然也沒有忘記李登輝，四十餘年來，「台北高校十八年會」每年擧行同學會，偶而也移師到台北召開，李總統還在台灣大學教書與在農復會任職時，甚至在台北市長任內，也和夫人出席過在台北擧行的「十八年會」同學會。

李總統的高中同班同學自大學畢業之後，分別在日本各行業服務，有的從政，有的經商，這些人目前已經六十六歲，都自社會上的第一線退下來，他們由於工作的理由，有些人畢業後曾有數次與李總統再會，也有些人四十餘年來未曾與李總統見面，但是提起「李君」則沒有人想不起來，只是「李君」的地位越來越崇高，而且貴爲一國之尊，想要見面敍舊，恐怕不是易事。

永遠是溫厚、淳樸的好友

筆者由於在日本從事新聞採訪工作的關係，而與李總統當年同班同學之一的伊藤榮三郎熟稔，經過伊藤的安排，而與李總統的其他同學認識，大家都希望能夠透過任何管道前往中華民國與李總統見面。去年間，筆者任職的台灣日報獲悉此事，社長張家驤表示願意促成此事，經過安排，李總統極爲願意接待他的老同學，而把時間訂在去年八月十六日下午六時，地點是總統官邸。

參加這一次老同學聚會的日本人一共是八位：伊藤榮三郎、吉里邦夫、石井恭平、四本茂、田口公明、佐伯富男、田中一郎、赤嶺義信。其中田中與赤嶺兩人各有夫人同行，另有一位台籍同學劉茂本則個別前往。

這一天的晚間，八位年逾六十的老同學在六時準時抵達座落於台北市的總統官邸，在抵達官邸之前，大家都帶著緊張的神情，儘管其中有幾個人在兩、三年前曾與李總統見過面，但是那個時候李登輝還不是總統。李登輝就任總統以來，這是首次見面，究竟應該如何對應，倒是令這幾位總統的同學不安，有人提議把照相機收到西裝內袋，也有人互相提醒不能再以學生時代的「李君」直呼。

六點稍過，李總統與夫人親自站在官邸大廳迎接，一見面，李總統立刻能夠喊出同學的名字，「伊藤君」、「田口兄」，其中四十六年來從未與李總統見過面的佐伯富男，對總統能夠立刻認出他就是「佐伯君」的記憶力表示驚訝。

在官邸會客廳裏，伊藤榮三郎代表大家向李總統表示接見的謝意時稱呼李總統爲「總統閣下」，李總統立刻說：「今天在場的沒有總統，也沒有貴賤之分，大家都是同學，我們在這裏完全是普通的同學聚會」。

李總統對於四十幾年前同學友誼的珍惜與重視，令在場的日本同學極爲感動，他們看不出李總統有什麼官架子，當年的「李君」與現在中華民國的李總統沒有什麼兩樣，永遠是溫厚、淳樸的好友。

眞正的友誼沒有種族與國境之分

同學們爲李總統帶來兩樣禮物，其中之一是日本的高級浴衣，另一是同學之一的田中一郎手畫的兩幅素描，一幅是總統府全景，題字是「李總統登輝同學政躬康泰」；另外一幅是師大正門校景(即過去的台北高校)，題字爲「永懷舊交」。

在官邸裏的總統私人晚宴中，李總統不但詢問日本老師的近況，也詢問未克前來台北的其他同學是否順利、健康，所有同學的名字仍然爲李總統所熟記。

李總統告訴他們，眞正的友誼沒有種族與國境之分。

席間李總統也向老友們談到我國當前的政治、經濟、社會的環境，例如中華民國在政治民主化的決心、全民保險、社會福利等問題，總統甚至指出日本的某些缺點與優點，李總統的飽學與對國家的情愛令同學們感到驚訝。

飯後大家又回到客廳，「你曾經拉我一把、推我一下」，諸如此類高中時代的片段回憶成爲主要話題，談到精彩之處全場哄然大笑。

不久，有一位老同學提議同唱當年的校歌與學校教過的歌曲，大家手拉手，肩並肩，邊唱邊舞，大夥兒索性脫下外衣，李總統還問道：「右脚是不是這樣擧的？」，「左手大概是往右邊靠？」

李總統的孫女看爺爺興高采烈，當場也高歌一曲，曲名是「歷史的傷口」，總統與夫人則忙著向老友們解釋歌詞的意義。不知道什麼時候總統的小外孫也「混」進了行列，與外公的同學們打成一片。

李總統的同學之一的四本茂表示，李總統身負國家重任，仍然沒有忘記家庭天倫之樂，這種公私都能兼顧的處世之道，並非一般政治家所能辦到的。

這一天晚上，李總統主辦的小型同學會對「台北高校十八年會」的同學而言，可能是四十餘年來最値得紀念的一次同學會。原來預定的時間是兩個小時結束，但是到了晚間十時，李總統似乎還沒有完全盡興，倒是同學們考慮到第二天總統必須上班，需要早點休息，決定告辭。李總統與闊別四十六年的同窗摯友把酒暢敍，四個小時的時間剎那之間溜了過去，老友再一次相逢未知何時，「李君，加油吧，中華民國的將來必定無窮！」這是日本老同學臨別時送給李總統的話。

唯一沒有製造麻煩的學生

李總統在舊制台北高等學校的三年中究竟是怎麼樣的一個學生，綜合幾位日本同班同學的回憶，其共同點是冷靜、沉默、認眞。

島田謹二教授：

當年李總統的老師，目前仍然相當健康的島田謹二教授在回憶他的學生李登輝時說，當年文科甲組的學生，特別是日本人個個都皮得很，李總統是唯一沒有替他製造麻煩的學生。

當時因爲是在日本佔領下，台灣的教育條件對日本很寬，但對台灣籍的學生則相當苛刻，李總統能夠克服這種艱苦的環境，而且能有優於日本人的成績，今天李總統成爲優秀的政治家，青年時代的歷練是一個很重要的因素。這是島田謹二教授對李總統的評語。

吉里邦夫：

在教室裏最「接近」李總統的日本同學是吉里邦夫。吉里邦夫的父親是九州熊本縣人，他則在台灣出生、台灣長大，到現在他仍然將台灣當成自己的故鄉。李總統在高中時參加的社團是劍道部，吉里邦夫也是劍道部，在班上的座位則爲上下鄰接。

吉里邦夫回想，高中時代的李總統熱衷於劍道，劍道比較適合於個性冷靜的人學習，李總統當時的劍道被評定爲初段。

由於吉里邦夫是當時的劍道隊隊長，因爲對李總統的印象特別深刻，也有很深的交誼，他形容李總統的頭腦清晰、性情溫厚篤實，重視各方面的平衡，這種個性是卓越政治家所必要的。

伊藤榮三郎：

另一位同學伊藤榮三郎說，當時台北高校劍道部的學生都把李總統列爲「要注意人物」，因爲李總統的身材高人一等，在劍道比賽時，李總統頭腦冷靜，總是以靜制動，不肯輕易出手，但是如果對方被李總統看準一記下來，勝負大概就成定局，很多劍道部的同學都被李總統「修理」過，因此特別將高大的李總統列爲「要注意人物」。

伊藤榮三郎在台北高校時是學校的柔道隊長，雖然與李總統不同社團，但是他時常看到「李君」一個人在體育館拿著木劍比劃練習，態度極爲認眞，特別印象深刻的是李總統的高個子在矮小的日本學生中顯得「出人頭地」。

伊藤提供了高一新生入學與高三畢業的班級合照，李總統一直是坐在前排的中央，服裝清潔畢挺，而有些日本學生則穿著拖鞋就登台「亮相」，伊藤榮三郎就是其中一人。

他說，當時只覺「李君」確實與衆不同，今天「李君」身爲中華民國的總統，的確有別人所沒有的條件。

伊藤榮三郎爲日本新潟縣人，小時候父親生意失敗，帶了一家七口到台灣的花蓮種甘蔗，小學在花蓮的林田小學(現在的鳳林鎮大榮國小)就讀，初中則畢業於當時的台北一中

（現在的建國中學），高中則進入台北高等學校，與李總統同班。畢業以後進入九州大學攻讀法學，一生服務於日本「新潟日報」。

高中畢業與李總統分手之後，經過了四十年，伊藤與李總統有再會的機會。民國七十三年七月廿一日，他前往台北參加北一中同學會時，獲得機會與當時的李副總統見面。

伊藤回憶那一天的情形說，進入總統府的副總統辦公室，李總統一眼就認出他，「伊藤君，好久不見了」，他也脫口喊李總統爲「李君」，後來立即改稱「李副總統」，沒想到李總統回答：「高中時代的稱呼比較順口」。李總統耿直而誠懇的爲人氣度絲毫沒有改變，讓伊藤反覺不好意思。

談話中，李總統問及其他同學的工作與生活狀況，也提到中日雙方的問題。李總統告訴伊藤，自由主義國家之間的團結比什麼都重要，日本太過於忽視中華民國的存在，希望伊藤以日本新聞界前輩的立場呼籲日本政府正視中日結合的重要性。

伊藤又說，李總統所提出的務實外交政策，在日本成爲新的名詞，這種重視實際、講求準確的作風，與高中時代李總統的個性非常脗合。

李總統年青時代就讀台北高校而令日本同學側目的原因，除了冷靜、沉默、高大之外，就是他來自淡水中學。當時台北高校的學生都是全台灣各地的精英，都是各地好學校的學生，那個時候的淡水中學並不是很好的學校，但是李總統卻能進入台北高校，證明李總統的初中成績是一流的。

田中一郎：

李總統的同學之一的田中一郎說，他與李總統同爲基督教徒，當時曾與李總統一起到現在的希爾頓飯店的「明石町教會」聽道理。

他對李總統的印象是，書唸得很好，但是歌唱得不好，劍道比得相當不錯，但是其他運動神經不怎麼樣。

有關這一點，另一位同學，住在東大阪市的志志田邦明表示有同感。

志志田邦明：

志志田邦明說，李總統在學校時曾經送給他一個永久的「紀念品」，因爲李總統曾經不小心踢掉他的一顆門牙。

他回憶，有一次上體育課正在踢足球時，球正好飛到他這裏來，他正要用頭去頂球時，「李君」也衝過來踢球，不知道是他長得矮，還是高大的「李君」判斷球距有誤，一個正著剛好踢中他的下顎，口中頓時鮮血淋漓，「李君」見狀連忙道歉，立即陪他到醫務室將搖搖欲墜的門牙拔掉。

志志田邦明當時被李總統踢掉的那顆門牙，後來換成「金牙」，四十幾年來，他一直珍惜著這個「紀念品」。

志志田說，青春時代的李總統相貌悠揚、風度翩翩，很令人懷念，不知道當時運動神經較差的李總統近況如何？

久松康二：

住在橫濱市的久松康二表示他對李總統的記憶經過了四十六、七年已經不太完整，但是還記得與李總統打過幾次籃球，幾乎每次都被高大的李總統騎在籃下。

最近幾次的同學會在日本舉行時，倒是有不少人對李總統當年「岩里政男」的名字感到興趣。大家的結論是，「岩」字象徵雄偉、堅毅，「里」則與「李」同音，「政男」當然是指「政界的男子漢」，這個名字是李總統的父親取給他的，可能李總統的父親在李總統誕生之後就決心讓他在政治界上出人頭地，為中國爭一口氣。

石井恭平：

目前在東京經營大企業的石井恭平也是李總統高中的同學，他並非「文科甲組」，而是「文科乙組」，是隔壁班，但是石井則是李總統高中時代的摯友之一，也是高中畢業之後與李總統見面最多次的好友。

最早的一次是廿六年前他剛在東京創業時前往台北，當時李總統還在農復會做事，他到台北找老同學是因為他的公司製造冷凍車，與農產品有關係，當時李總統對台灣的農業改革有一股熱情，對於冷凍車已很有興趣。以後有五、六次都能與李總統歡談，蔣經國總統逝世之前，在總統府內也與當時的李副總統談論台灣的農業問題。

石井恭平說，他與李總統的晤談比較少提到學生時代的生活，當前的問題為主要話題，由談話的內容，他深深地感受到李總統的確在為中華民國的國民著想，對於中日之間的關係也極為關心。

他又說，他對於政治並不是專長，但以他在東南亞經濟方面的觸角，他認為李總統配稱當今亞洲最卓越的領袖。

石井恭平生於台灣、長於台灣，台灣可以說是他的母國，他確信李總統可以將中華民國帶領到更新的境界，不管站在同學、老友的立場，或是站在地緣感情的立場，只要台灣有需要，他就毫無保留地將公司的新技術提供給台灣，他早在台灣設立工廠就是一個例子。

藤上知弘：

李總統是一位虔誠的基督敎徒，目前在日本從事修道院工作的藤上知弘表示，他成爲基督敎徒是在台北高校受到李總統的影響。

他回憶，在高中三年級的時候，有一天上完「國粹主義」的課，有幾位同學紛紛談論日本民族如何優於其他民族，李登輝在旁邊突然插話指出：「世界上不論那一個國家的水都是由高處往低處流，此爲自然法則，人的精神也一樣，不能說因爲是日本國民就如何優越，大家應該追求的目標是萬國共通的眞理」。

藤上知弘又說，李總統自小就持有長老派的信仰，在書包裏一直放有英文版的新約聖經，李總統的理論就是來自平日的信仰，自己的一生受到李總統當時的影響很大。

四本茂：

在平時的交友與學校活動中，李總統「非常怕羞」，此爲另一位同班同學四本茂對李總統印象最深的地方。

他說，李總統在學校中非常謙虛，不像日本同學沒事起鬨，在高中生活的三年內沒有特別惹人注意的行動。

他還淸楚地記得，畢業前全班同學在學習跳「荒城之月」的舞蹈，這個舞蹈是他由姊姊那裏學到的，然後以女學生跳舞的方式傳授到班上，一開始的時候，李總統很害羞，顯然相當不安。

去年八月十六日在總統官邸內，李總統比手劃脚，就是回到四十七年前的「荒城之月」，李總統童心未泯，跳起舞來仍然「羞人答答」。

「十八文甲」莫大的光榮

四十餘年的歲月轉眼飛馳而過，昔日青年學子，如今大家都已年過半百，當年的記憶雖然無法全部連串，但是一起唸書、一起遊玩的歡樂片段，縱使大家在畢業後各奔前程，也永遠留在每一個人的心中。

翻開「蕉葉會」(全體舊制台北高校畢業生的聯誼會)的名簿，在「十八文甲」的卅二人的職業欄上，最爲突出的是，李登輝：中華民國總統。李總統的同學們「與有榮焉」，感受非常强烈！

伊藤榮三郎等人決定集合同學們前往台北探望總統同學是始於去年六月，大家所懷的心情是：去看老同學，然後爲老同學打氣。從另外一個角度看，成行的目的是希望能夠表達中華民國雖然與日本沒有邦交，但是中華民國在日本民間仍然有無數的知心朋友。

去年八月十五日伊藤等人自東京搭機前來台北，八月十六日準備應邀前往總統官邸之前，大家忽然有不安的心理。有人擔心現在正要見面的人也許不是四十幾年前的摯友，而是中華民國總統，在總統的前面什麼話不能說，什麼事情必須注意，甚至不可能被允許拍照、也不會被允許錄影。

一直到進入總統官邸，看到李總統的笑容、聽到李總統與學生時代沒有兩樣的稱呼，李總統八位老同學心裏那種突然的陌生感頓時雲消霧散，李總統一直保持著過去那種溫厚、耿直而友好的性格，大夥兒把酒暢飲，再一次回到台北高等學校的時日，李總統不但與老友們談過去，也談未來，私人的生活和國家大事都在話題內。

離去之前，每人接受李總統一份三義木雕與一罈陳年紹興酒的餽贈，實際上李總統送給日本老友們眞正有價值的禮物是「人不分貴賤，眞正的友誼不分國境」的至理名言。

附錄：本文文字背景

李總統的日本同學曾於去年三月間接受台灣日報特派員張茂森的訪問，訪問全文於七十八年四月廿九日在台灣日報獨家全版登出，以後台灣日報則努力促成日本同學前往台北會見李總統。

經台灣日報社長張家驤的連絡，日本同學於八月十六日獲悉李總統邀宴，同行者除李總統的同學與兩名眷屬之外，尚有台灣日報社長張家驤、駐日特派員張茂森。

全部過程於八月十八日台灣日報三版全版獨家報導。

日本產經新聞台北特派員岩野弘根據台灣日報報導，日後亦撰寫專欄。（一九八九、

八、二十三）

台灣日報駐日特派員張茂森隨後亦在日本產經新聞就李總統歡見老同學一事撰寫評論。（一九八九、九、五）

老同學之一的四本茂亦在每日新聞九州版接受日本記者訪問談論此事。（一九八九、九）

美麗校園中勤奮用功的研究生

訪康乃爾大學師生談李登輝先生

丘　岳

席斯勒回憶起這位優秀學生說：
「他非常用功，
經常在課堂上問我各種功課上的疑問，
並確定所完成的作業有沒有問題，
他對每一件事情都要追問清楚，
並急於了解，
他是我所教過最用功的學生。」

康乃爾大學校長羅德斯說：「康乃爾大學的師生以李登輝校友爲榮，特別是他的領袖才能和一直扮演的角色。我們讚揚他的成就，並恭賀他就任中華民國第八任總統。」

位於紐約上州綺色佳（Ithaca）的康乃爾大學（Cornell University），是個歷史悠久，遠近馳名的一流學府，它的秀麗風景和設計突出的建築，曾被選爲「全美國最美麗的校園」。這個學校吸引了許多外國留學生前來就讀、研究，校友遍及世界各國，但在衆多外籍校友之中，能夠成爲一國元首的，李登輝先生是第一人，也是截至目前唯一的一位。

勤奮用功，沉默謙遜

李登輝先生是在民國五十四年獲得美國洛克菲勒農業經濟協會及康乃爾大學聯合獎學金，前往康大攻讀農業經濟博士學位。經過兩年半的苦讀，民國五十七年，他在四十五歲的時候，獲得農經博士學位。

李先生到康大留學，年已四十二，比一般學生的年紀要大；另外他也已在農林廳及農復會工作十年，有了豐富的實務經驗，因此全系上的教授都對他印象深刻。當年曾教過李先生的三位教授——席斯勒（Danial G. Sisler）、史坦頓（Bernard F. Stanton）和羅賓遜（Kenneth L. Robinson），在他當選中華民國第八任總統時，曾共聚一堂，談起當年的李登輝（T. H. Lee），他們都津津樂道，並以「勤奮用功、沉默謙遜」表示他們對李先生的共同印象。

在美國經濟學領域中具有相當地位的席斯勒教授，是李先生當年選修「區域經濟」這門課的教授，席斯勒回憶起這位優秀學生說：「他非常用功，經常在課堂上問我各種功課上的疑問，並確定所完成的作業有沒有問題，他對每一件事情都要追問清楚，並急於了解，他是我所教過最用功的學生。」

曾教過李先生「研究方法」的史坦頓教授表示「令我印象深刻的是，李博士來這裡之前，已有相當豐富的研究經驗，但仍非常用功。他求學很實在，不像有些學生刻意吸引老師的注意；他的全副精神都集中在課業、考試和論文上，他經常週末都在學校用功唸書。這門課我給他A加，那時能得到A的學生並不多。」

羅賓遜教授是當年李先生博士論文審查委員會的成員之一，他說：「李博士那時看起來比其他學生表現成熟、聰明，並且非常用功，比別人也多了許多經驗，是一個相當傑出的學生。」

緬恩圖書館（Albert R. Mann Library）是農經系的圖書館，也是李先生在康大求學時最常去的地方，在這裡，李先生勤於蒐集資料、完成作業，並訂出論文的方向，直到提出通過審查畢業。因此在師長的眼裡，李先生似乎是個傑出的研究人員，而不像是政治人物。如今他成爲中華民國的元首，這些教授都非常驚訝。

史坦頓教授說：「我沒想到他會成爲一個政治家，我以爲他會像在學校一樣，成爲一個很好的研究員，因爲他完全具有學者形象和知識份子的特性——正直、嚴肅、有禮及勤勉。他來康乃爾只抱有一個目的，就是完成他的論文。」

席斯勒教授說：「一般政治家都非常外向，善於表現和具有羣衆導向，但令我驚訝的是，李博士在這裡非常沉默，非常謙遜，完全不參加任何社交活動，連和其他學生打打排球或到鎮上酒吧喝杯酒都不曾有過，我當時認為他作研究、作論文的興趣要比社交活動大得多。」

羅賓遜教授說：「當年他被任命為台北市長時，我就相當驚訝，我以為他只是學術界的人物，因為他在這裡是一個完全被學術引導的人，不像一個職業政治家，更沒有想到他會成為總統。」

打高爾夫球是他唯一的消遣

由於李先生當時年齡較大，因此對其他的中國同學很照顧。比李先生晚半年到康大攻讀農經博士的陳河田夫婦，就有很深的感受。陳河田畢業後一直留在康大作研究工作，至今已有二十年，陳太太程美希女士則在康大圖書總館中文部工作。這位李先生當年的老同學陳河田也說，李先生非常用功，幾乎沒有其他的活動，不是圖書館就是研究室，打高爾夫球是唯一的消遣。陳河田經常和李先生到學校的高爾夫球場打球，他說李先生的球打得很好，具有職業水準，當時沒有人能打贏他，陳河田說往往打到第九洞時，他們會停下來休息，喝啤酒、聊天，那時李先生就會暢談台灣的事情，對國家的將來很關心。陳河田說，「我們希望他能成為一個聽從民意、為人民服務的好總統。」

陳河田夫婦是民國五十六年在康大結婚的，當時他們父母都在台灣不能來參加，於是他們邀請李先生代理女方家長，引領新娘進場交給新郎，陳河田夫婦相當珍惜這段因緣。

李夫人曾文惠女士，後來到康大陪李先生讀完博士，當時他們住在卅街（State St.）一幢住宅的二樓，程美希回憶他們經常去李先生家吃飯，「李夫人燒得一手好菜，當時他們的子女都在台灣，李先生常提到他的兒子是『帥的』，並以『帥的』稱呼，我那時就一直叫他的兒子『帥的』，後來才知道他的名字是『憲文』。」

經過兩年半的苦讀，李先生畢業了，陳河田回憶畢業那天，「看到李先生一個人站在那裡，神情輕鬆，完成了一件事情，可以感覺出他高興的那個樣子。」

具國際多元化的教育經歷

李先生的博士論文「台灣經濟發展與農工間之資本移動問題（一八九五～一九六〇）」，厚達四百頁，在民國五十七年二月二十八日獲得審查通過，主要研究台灣自一八九五年到一九六〇年間農工的轉型及互動，分爲兩大部分：第一部分是談農業與工業之間的資本移動理論；第二部分則提到台灣資本移動的實際情形。這篇論文得到康乃爾大學最高的評價，並且榮獲該年全美農業經濟學會的最佳論文獎。對國內來說，這論文在學術界最高的成就是：「國內將計畫概念帶入經濟學領域的第一本」。另外這篇論文對康乃爾大學的學生來說，到今天都還有很大的影響。當年李先生在農經系的研究室是四〇六室，據目前在該研究室的學生表示，他們在重新研究李先生論文中談及台灣資本及農業發展的部分，作爲與中國大陸和越南現今經濟發展的比較。

李先生的博士論文原稿，現正被該校圖書總館（Join M. Olin Library）珍藏，論文中對台灣的農業發展有著詳盡的記錄，並引用了大量的數據資料，令教授們大爲折服。他的論文審查委員會教授羅賓遜就說：「這是那時最好的論文之一，我們並將它印製出來，那是康大少見的博士論文。」席斯勒教授也說：「李博士是個相當具有數學頭腦的人，他有很强的數據觀念，因此他所提出的問題經常超越了我的答案許多。」

目前康大農經系只有一位來自台灣的留學生——曾憲郎，正在攻讀博士學位，曾憲郎也畢業於台大農經系，他主修自然資源，和李先生所主修的產業結構在方向上有所不同，但他很驕傲能兩度成爲李先生的學弟，「在系上常聽到師長同學談起李先生，大家都很敬佩他。」

康乃爾大學現任校長羅德斯，並不是當年李先生的校長，但他以康大出了這位領袖人才爲傲，羅德斯讚揚李先生「先後得到台灣、日本和美國的文憑，具有國際多元化的教育經歷，這也是他在處理國際事務及經濟問題上能顧慮周詳的原因。」

羅德斯校長同時表示，李先生不但當選中華民國總統，並且兼任國民黨主席，責任重大，「但以他完美的領袖人格及折衝能力，必能處理圓滿。」羅德斯表示，他曾邀請李先生返校訪問，李先生也答應盡可能安排，但羅德斯透露，他將在今年秋季，專程前往台灣，頒發該校第一張「最傑出校友證書」給李先生，以示敬意。

科學智慧和宗教情懷

——訪徐慶鍾先生

應平書

徐資政認爲李總統的宗教信仰，
使他具有宗教家一樣執著於正義的使命感，
而農經方面的科技知識和科學訓練，
又使他做事務實而不尚虛僞。

在李總統的事業生涯中，和他相處最久也影響最深遠的，應該是現任總統府資政徐慶鐘先生了。

徐資政今年已九十高齡，近年來，由於健康情況不佳，他深居簡出，已經很少和外界連繫。可是，最近看到各種媒體上對李總統一些錯誤或故意扭曲的報導，由於他對李總統有深刻的了解，也是最愛護李總統的老師、長官和舊識，徐資政覺得自己有責任向外界澄清李總統的爲人。他認爲李總統絕對是一位有科學智慧和宗教情懷的政治家，是一位有魄力擇善固執的人，是一位有主見、有膽識的領導者。

勤奮向學而不「死讀書」

早在民國三十五年，徐資政在台大擔任教授時，就覺得李登輝這個年輕人和一般學生不一樣，他是一個勤奮向學的青年，可是又不是「死讀書」的學生；對於所追求的知識，他很有分析的能力。

就因爲這樣，一有適當的機會，徐資政第一個想到的就是這個學生。在徐資政的長公子徐淵濤的記憶中，父親的學生是很多，可是一直和父親保持長久連繫的也只是李總統一人。

徐資政並且認爲，不只他一個人對李總統有這樣的看法。凡是和李總統有過接觸的人（不論是早年或現在），一定有一種特別鮮明的印象，那就是對他那種充滿自信和追求理想的執著精神難以忘懷。

徐資政本身不具有宗教色彩，但是李總統是個虔誠的教徒。年輕時代的李登輝，有一次為了說服老師信教，偕同夫人曾文惠女士一連兩個星期，每天晚上一定到徐資政家中，侃侃而談。雖然徐資政並沒有被他說服，但他那種對宗教的熱誠，卻深深感動了他。

在這段進行說服的日子裏，他言談間表露出對社會的愛心，以及對人生哲理的了解和剖析，卻在當時年紀尚小的徐淵濤的心中，留下難以磨滅的印象。後來他和他的母親——徐資政夫人先後受洗，就是受李總統的影響。

務實而不尚虛幻

徐資政認為李總統的宗教信仰，使他具有宗教家一樣執著於正義的使命感；而農經方面的科技知識和科學訓練，又使他做事務實而不尚虛偽。

記得他早期在農林廳和農復會工作時，經常到徐資政家中談論台灣的農業問題，他很有主見，不會隨便附和老師的意見，甚至兩人之間也會因為看法歧異，而互有爭辯。可是他完全是就事論事，並不是不尊師，他總是以提出事實或數字根據來說服對方。

在徐資政的心目中，由於李登輝努力、認眞，所以學識淵博，而且反應靈敏，並有一種積極進取的向上心。事實上，在李總統早期有很長的一段時間，是他潛隱琢磨的時期，他的才華和治事能力，除了徐資政等很少數眞正了解他的師長外，一般人都不懂得欣賞他。

可是，他不灰心、不氣餒，默默地努力，以實際的表現，慢慢地從學界轉入政界。在徐資政的心目中，他個人最欣賞李登輝在台北市長任內的表現。他一手規劃台北市藝術季，使台北市除了一般建設之外，有了一股「雅氣」，這是其他市長從來沒有注意到的部分，而他卻全力推動，這正是他高人一等的地方。

也正因爲他是一個腳踏實地而眼光獨到的人，所以徐資政相信，他今後一定會提出一連串很好的政治理念及政策來領導國人，他相信只要讓他全力施政，時間一定會證明，他確實是一個有所作爲的好總統。

徐慶鐘，民國前五年生，台北市人。日據時期台北帝國大學理農學部畢業，是本省籍第一位農學博士。台灣光復後，歷任台大農學院院長、省農林廳廳長、內政部部長、行政院副院長等職。現爲總統府資政。

一段値得懷念而豐收的歲月

──訪王益滔、王友釗、陳超塵先生

王益滔教授發現，
李總統四十年來始終保持他學生時代那種
忠實和盡其在我的坦蕩作風。
他一方面爲他這種君子風範而喜，
有時候，又很擔心他太直率了，
也許會傷害到他自己。

應平書

走在台大農經系嶄新的系館中，自有一種溫馨祥和的感覺。

一進大門右側，樸實而莊嚴的李登輝校友陳列室，充滿著人情味的構思。

李總統在省主席任內，曾捐了二千多冊藏書給農經系。新系館完工後，現任系主任陳希煌提出設陳列室的構想，孫震校長不但非常贊同，而且決定，今後台大校友只要有類似的成就，都可以在系內設陳列室。

陳列室樸實大方，除了保存了李總統捐贈的二千多冊藏書、百馬中興樟木屏風外，並有他去年來母校時的一些活動照片。代表系內對這位傑出學長和師長最眞摯的敬意。

的確，李總統是台大農經系光復後第一屆的畢業生，他從三年級插班唸起，當時的系主任是目前已九十高齡的王益滔教授。

王益滔先生說：
他求知慾强，肯用功、守規矩又尊敬老師

王教授的身體目前仍非常硬朗，他回憶起四十多年前的往事，記憶仍是那麼清晰，因爲李登輝從學生時代起傑出的表現使他印象深刻。

在王教授的印象中，李登輝一直是求知慾强，肯用功、守規矩又尊重老師的好學生。他在學校期間不但成績好，而且喜歡主動幫老師做事。只要是老師交待他的事，不管是課業或其他方面，他不但做得快，而且一定力求盡善盡美，總要比老師要求的還要多做一點。

很多人都這樣認爲，李登輝一生行事受到長官徐慶鍾及師長王益滔的提拔、賞識最多

。

對於這一點，一向爲人謙和的王教授卻另有一套看法。他露著慈祥的面容，笑呵呵的說，李登輝從學生時代就會主動接近老師，會提問題和老師溝通，再加上他的確有很多比其他同學突出的地方，所以師長們一有機會自然想到他，這不是老師提拔他，而是他自己的表現得到師長的賞識和信任。

說到李登輝「眼光獨到」的地方，王教授又忍不住露出爲愛徒驕傲的笑臉。他記得早在李登輝唸三年級的時候，就常常會想到一般同學從未想到的有關農經方面的一些關鍵性問題。比方說，農經系早期成立時定義相當含混，一般學生也從不會想去深入探究。但是李登輝就會提出來問，到底農經系應該屬於農學部門還是經濟部門？

他這種和其他同學不一樣的突出看法，自然使老師對他另眼相看。尤其在經過八年抗戰，以及之後時局的動亂，很多青年學生的求學歷程，或是斷斷續續，或是無法全心投入，老師要遇到一個好學生是很困難的。李登輝的出現，令王教授有「耳目一新」的感覺。

光復初期，台灣的農業政策和土地改革各種實際問題的研究、調查，很多是由王教授負責，而李登輝也就成了老師最有力的助手，不僅是因他的聰明、認眞，也是由於他的處事態度與人生觀和老師很投契。

李登輝做事不但投入，而且看事情能從大處著眼，而且從不計較報酬，只求盡其在我。這種優點，都使老師越來越覺得這個學生很「可愛」。

李登輝是發自內心的尊敬老師，而且始終如一。現在他已貴爲總統，卻仍時時不忘王教授，去年王教授過九十大壽，李總統仍親送壽屏。

當年農經系除了王教授之外，後來的系主任是張德粹教授（已故）。王教授個性隨和，對李登輝了解很深，李登輝也尊敬他。而張教授是個個性嚴謹，要求很嚴格的老師。李登輝剛畢業任助教、講師時，因爲他在日本住過一段時間，日文很好，台語自然也流利，但是說起國語來總是比較生澀，張主任因此難免有些擔心他教書的情況，但是當他眞正了解李登輝之後，知道他的研究紮實又有見解，才放下心來。

王教授謙虛的說，其實他們早已不是師生，而是「朋友」。現在因李總統公務太忙，王教授已很少看到他，但是在電視或新聞媒體有總統的消息時，他仍然很留心。他發現，李總統四十年來始終保持他學生時代那種忠實和盡其在我的坦蕩作風。他一方面爲他這種君子風範而喜，有時候又很擔心他太直率了，也許會傷害到他自己。

王友釗先生說：
對我來說，那是一段值得懷念而豐收的歲月

王教授是李總統眞正受教過的大學老師，而現任行政院政務委員的王友釗，可算是他亦友亦生的多年工作伙伴。

說起李總統和王友釗結識的經過，充滿了書香的氣息。

那是王友釗讀大學二年級的時候，李登輝當時任台大農經系助教。因爲王友釗喜歡讀書，課餘常往系圖書館找書看，而那時候系內助教的辦公桌就在圖書館內。

有一天，他又如常的到圖書館看書，李登輝坐在辦公椅上，過了一會兒他很熱心的從

椅子上站起來，關心又熱切的說：「你找那些書看呢？我介紹你看幾本參考書。」

李登輝爲他詳細介紹了幾本農經方面專業的書籍，從此以後，王友釗只要一進圖書館，李登輝就會推薦一些書或雜誌給他看。就這樣，倆人因書而開始熟悉，在王友釗三年的大學生活中，李登輝成了他個人課餘最好的老師，豐富了他在農經方面的專業知識。

王友釗畢業後，李登輝也離開了學校。等到王友釗回學校擔任助教，李登輝也到了當時的農復會。由於農經系有很多的計劃和農復會合作，他倆之間又有了接觸。後來王友釗也到農復會工作，倆人坐在一個辦公室內，一坐就十多年。

這十多年，就當時國內的大環境而言，是一個艱困的年代，大家的生活都很清苦，可是也很單純，而對王友釗來說，這可以說是一段值得懷念而豐收的歲月。

那時台灣的農業改革正在起步，而李登輝對整個農業問題也有他的理想和理念，他做了一連串有關農家收益的調查，使後來台灣農業發展中有關如何增加生產，改進農產品以及整體農業發展的計劃，有了很好的學理依據和實踐的基礎。

在這段時間內，倆人雖比鄰而坐，可是所談論的大都是彼此的研究計劃，以及台灣農業的問題。絕大多數的時間，仍是彼此各看各的書。而最難得的是他常常主動爲王友釗講解一些最新的專業分析報告，倆人共同討論，倆個人都有各補所短的充實感。

讀書是他們生活中最大的重點，李登輝看書的興趣非常廣泛，不僅看有關農經的農業書籍、雜誌，對其他的書報、雜誌也都涉獵。而且他看書、做事有一個非常大的特點，那就是都很認眞而且系統化的閱讀、消化，而不是讀書不求甚解的那種人。

大家都知道李登輝是虔誠的教徒，常常他也會對王友釗談到聖經，可是他並不是傳教，而是以研究的態度和王友釗討論聖經的教義。他要以教義來說服對方信仰，而不是要你盲目的信仰。

他這種事事認眞的態度，也深深影響到王友釗一生的行事。記得當時倆人往往上班專心研究，下班後就回家，好像也沒有什麼娛樂或休閒活動，偶而大概只是下盤棋消遣一番吧！而那怕是對消遣性的下棋，李登輝也是以研究的精神去學習，這不僅在下棋上，就是後來他學打高爾夫球，也一樣認眞而力求完美。他可以爲了研究從某個角度可以揮桿進洞，而一直重複同樣的動作，直到一桿揮下去，球就滾到一定的定點爲止。

也許一般人看來，這很刻板，但這也正是他凡事不苟且的實踐態度。只要他心中有了一個念頭，一個目標，他常常就立刻擬定計劃去完成。不僅自己如此，他也希望別人這樣。有時，王友釗有了新構想或不知自己是否是「突發奇想」，對他提起自己的看法時，他總會揮揮手，充滿信心的鼓勵他，「做啦！做啦！做了就好，不用說太多。」一直到現在，王友釗偶而在電視上看到總統不經意流露出：「去做就好！」的手勢時，就似乎又感受到他那股腳踏實地、求眞求好的實踐者心情。

十多年同室而處，王友釗深受他這種踏實、率眞作風的影響。李登輝常常強調，科學文字要少用形容詞，要求眞、求實，要有實際數據的根據而不要用猜的。

王友釗的內心一直很感謝李登輝的父親李金龍老先生，雖然他們至今沒有見過面。這還是李登輝到美國留學那一年，王友釗母親的手有痛風舊疾。有一天，王夫人和夫人打電話時不經意提到這件事，不到幾天，李老先生很熱心的送了一包草藥，並告訴王友釗如何服用，以及今後如何注意雙手事項。王友釗依照他的藥方給母親服用，果然治好了母親的痛風。

這雖是小事，可是李登輝全家人的關心、照顧，卻深深感動了王友釗。其實李登輝本人至今也不知道這件事。可是在王友釗的心中，李老先生眞是位熱心的長輩，就因爲他這種家風的影響下，李登輝全家人都帶有這種熱心助人的氣質。

李登輝雖然沒有直接教過王友釗，他只是王友釗的學長，他的友人。但在王友釗的心目中，李登輝卻是實質的老師，是對他影響最大的。

陳超塵先生說：他始終和系裏保持聯繫，對學弟更是親切和藹

提到學長、學弟的關係，曾任台大農學院院長，現任農經系教授的陳超塵是李總統的「小學弟」。

陳教授和他口中的「老學長」差了好多年，兩人之間並沒有很密切的來往，但由於他主掌農經系和農學院多年，使他深深感受到「老學長」對學弟的關愛。

當李登輝還在農復會之時，由於學校和農復會之間經常有合作計劃，或是爲了討論農業發展計劃而經常一起開會，在開會期間，陳教授往往爲李登輝那種對問題「和而不同」的態度所感動。

李登輝本身對各種問題是從大處著眼的人，有時候和其他人意見相左的時候，他總會

很委婉的提出自己的意見，而不會讓對方難堪。

在陳教授的心目中，李總統非常平易近人。他也曾到李總統家做客，夫人曾文惠女士對他們這些學弟都很親切。

陳教授記得當時李登輝的家還住在仁愛路中廣公司後面。李登輝雖然是個很愛孩子的父親，可是絕不「寵」他們，所以他的子女個個彬彬有禮。提到李登輝對家人的照顧，陳教授談到了他無意間知道了一件小事。

李登輝有位大哥李登欽，被日人徵調去南洋，生死不明，他有兩個兒子，而李總統對這兩個失去父親的侄子一直很照顧。他的侄子早年在古亭國小附近開西藥房，陳教授經常在他店內買藥，閒聊之間可以深刻感受到這個侄子對叔父的感激之情，而這份感念正是因爲李登輝的關愛換來了。

雖然說，李登輝後來從學界轉入政界；可是他始終和系裏保持連繫，對學弟們更親切和藹，沒有架子，這在陳教授心中留下很溫暖的感覺。

李總統一生的工作經歷很曲折，但總是柳暗花明又一村，他的這種際遇，在陳教授看來，不能完全以他機遇好來看待，而是因爲他有紮實的學問基礎，肯腳踏實地去做，這才造成他今天的成就。而他不管擔任甚麼職務，對母系總是時時懸念，心懷感激。多年來，他一直擔任系友會會長和中國農村經濟學會理事長，和學術界保持密切連繫，一直到省主席任內，因爲公務實在太忙而辭去。可是，每有聚會，只要他有空，一定盡量趕到，這又是他念舊的一種表現，也正是他受大家尊敬的地方。

所以，系內不管他的老師、學長或學弟們，都很懷念他在學校的那段日子。一直到現在，當年李登輝在當研究生時期所使用的黑板，仍留在學校，只是被實驗農場「搶去」使用，農場主任每遇外賓來訪，一定特別强調這是李總統用過的黑板。畢竟，這是非常有歷史價值的紀念品啊！

王益滔，民國前十二年生，浙江省樂清縣人。曾任教於北平大學、廣西大學、中山大學等校農學院，抗戰勝利後，來台任台灣大學農學院教授，民國六十二年退休後仍在台大兼課至今。

王友釗，民國十四年生，福建省晉江縣人。台大農業經濟系畢業、美國愛渥華大學哲學博士，歷任台灣大學教授、農復會技正、農經組組長、秘書長、行政院政務委員等職，現爲總統府國策顧問兼行政院農委會顧問。

陳超塵，民國十八年四月生，江蘇省興化縣人。台大農經系畢業，美國康乃爾大學農業經濟博士。曾任台大農經系系主任、農學院院長等職，現爲台大農經系教授。

專業素養，熱情奉獻

訪謝森中先生

朱婉清

他有樸素的本質，
像一塊原木，或是璞玉，未經雕琢。
他有百分之百的專業素養，
又有奉獻熱誠。
我非常懷念我們在一起的光陰，
因爲一點也沒有浪費，
全用在國家和農民身上了。

訪談謝森中先生不是一件容易的事，他的腦筋動得飛快，說話速度更快，濃重的廣東口音裏夾有三分之一英文，全是相當專業的農業經濟詞彙，他採主動發言方式，滔滔言來俱爲學術研究理論和心得。他是個敏銳、積極的急性子，在累積了四十年經歷的農經與金融發展事務上，堪稱專家中的專家、老師之上的老師，默默爲發展中的台灣奠定治標也治本、救急也救窮的基礎。

李登輝先生在廿七歲擔任台大農經系助教那年，結識了這位系中新來的教授，直到四十二歲李登輝再度赴美深造。十五年之中，兩人曾有多少面對面、手連手的研究合作道路，也曾共同推出極具份量和貢獻的學術研究心得專著，他們的名字並列在書的封面上，他們的默契常存在彼此心中。

專訪謝森中先生所能得到的不只是他對工作夥伴李登輝先生的評價，更充實的是上了一堂有關台灣農業發展的歷史課，也充分領悟了他們二位走在歷史裏振衰起敝、興國救民的貢獻。

合著立說，情同手足

謝森中與李登輝兩位先生年齡相差四歲，一留美，一曾留日後又留美，所學相同，而個性頗爲相似，都屬於埋頭苦幹型的研究專才、教學長才，所以他們在相同機關的相同職位上有相同的經驗與閱歷，併肩攜手，完成了台灣農業經濟發展與改良上種種成果。

李總統登輝先生曾在日本京都大學農經系肄業三年，對於日本經濟成長過程，尤其是明治維新以後的一百年，日本經濟究竟怎麼發展起來的經驗和歷史相當清楚，他感到以日本明治維新前和中國同樣處在封建制度之下，能由農業慢慢帶動發展輕、重工業，而成爲亞洲舉足輕重的經濟大國，過程頗堪借鏡；而謝森中先生同樣是留學生，與他既有相同學識背景，又有十分近似的做事觀點與想法，志趣相投，兩人都有貫注心力於「經濟發展過程」研究的雄心和興趣，所以自然而然成爲相與相從的知音，朝夕相處，情同手足。

他們的研究起步由兩方面著手：

第一是從國家整體的發展觀點來看台省農業發展。

第二是把美、日（明治維新後一百年）、台省三者經濟成長過程相比較，除了農業外，還注重它與其他部門的關係。

他們合著的第一本書是用英文寫的，由農復會於四十七年七月出版爲經濟分析專刊第十二號，後來在四十八年五月由當時的台大經濟系助教孫震（現任台大校長）譯成中文，謝森中、李登輝同時校對、列名，書名是：「台灣農業發展的經濟分析（投入產出及生產力的研究）」，書中有爲未來台灣農業發展觀點政策性的建議，把當時構成台灣經濟主力的農業發展潛力加以探測性評估，也詳盡觀察與檢討了自民前一年到四十七年共約五十年的發展，是一本落實於如何以農救國、建國的關鍵性專業論著。

第二篇合著的論著是——「台灣農業與其他經濟部門關聯的分析（投入產出表之初步研究）」，另有王友釗先生加入他們的「二人小組」合作，發表在民國五十年一、二月，「自由中國之工業」第十五卷第一、二期。三位學者的想法極具前瞻性，因爲農業的變動常能直接間接影響到其他經濟部門的活動，而農業的盛衰也常與其他產業及貿易的情況相互關聯，所以就整個國家的經濟脚步而言，農業必須與其他部門具有相互依存的關係。這是一份提供數據及系統化資料以了解農業與其他企業關聯關係，以供經濟計劃設計時的參考。

第三篇發表於民國五十五年，書名爲「農業發展對台灣經濟成長的貢獻（投入產出方法之研究）」，用英文出版，在台之美國安全公署就是根據了這本書和農復會合辦了一個三天的研討會，邀請各國專家共同來討論，台灣由於農業長足進步而獲致的如此突飛猛進的經濟成長經驗與觀念，可否應用於其他發展中國家。

以上三篇論著，都已收入李登輝先生六秩大壽時，李夫人曾文惠女士爲他所出版的三大册鉅著裏（一本中文、兩本英文），謝森中這響亮的名字，也將與李登輝這位一國元首，共同列名於台灣農業成功的發展史之中。

激盪腦力，共同面對挑戰

謝先生回憶說：「我們由農業發展的生產供給面、市場需求面、資本形成與財務面來分析台灣農業成長的過程，過去五十年的統計數字要一一找出來繪成系統圖表。通常我們都是先在腦中有了概念，然後討論總體的觀點，充份溝通彼此對日本、台灣與美國三方面的經驗、歷史與現況，有了研究方案，再收集資料、驗證理論，最後才是拿統計數字、圖表做文章。」

「我們兩人一起執筆，由於那時都住在松江路，常同進同出，也會偶而坐到咖啡廳邊喝杯咖啡邊繼續溝通，許多黃金般的構想在腦力激盪時可以突然誕生。李登輝先生是個相當喜歡做研究的人，最痛快的事莫過於有了新的點子，然後暢快地談上二、三個鐘頭，一分鐘也不浪費地讓思想一路走下去，很有挑戰性，過癮極了。」

因興奮回味而語聲高亢起來的謝森中先生，非常驕傲於他們所曾共享過的研究天地，他認爲，日本花了一百年才完成的明治維新和經濟發展，台省只花了三、四十年，這和我國在當年推展「國本」——農業時，注意到了先建立「高生產力的農業」有莫大關聯；也就是說，當我們的農業生產注意到了有足夠供應所需之外，還必須有「農產的剩餘」去輸出，才能用來發展其他經濟部門（輕、重工業）。謝先生執著地說，很多開發中的國家在這關給「卡」住了，那是因爲土地租佃制度及土地利用不良、水利不好、農業技術落後、生產力很低，農業所得也低，農民生活因此貧困，也就談不上什麼「農業剩餘」或輸出了！所以他們二位「先知先覺」——先建立高生產力的農業，乃是國家發展初期相當大的關鍵。

另外者，謝、李二位先生也對勞動力流出現象有所研究。早期，因爲農業技術不進步，沒有機器，所以許多勞工都用在農業的生產上，農業想要現代化、高生產力，就必須採用機器化，如此也可放出過多的農村勞力去投向其他輕、重工業部門，所以資本和農業勞工的流出乃是發展其他工業的先決條件，術語叫做「供應非農業生產部門的生產因素的需求」。

「我們的工作室裏另有一位陳月娥小姐協助處理數字的統計、資料的收集，她是位相當認眞負責及能力很强的女性，幫了我們很多忙。當時我們感覺台灣的農業在勞動力、土地、資源和生產力上都會慢慢發展到極限，將來農業促進工業發展後，一定會走到了功成身退的地步，農業進步的發展，要靠產品結構的改變，走高附加價值產品的路，從勞力密集變爲技術和資本密集，產品運銷的改進等，同時工業回餽農業的時代就將來臨。李登輝先生後來在康乃爾大學的博士論文——台灣經濟發展與農工間資本移動問題（一八九五～一九六〇），就是針對著這方面的農業轉型及農業資本流向工業的互動關係對台灣的農業發展做了詳盡分析，這篇論文不僅在康大被列爲優等，還獲得全美農經學會當年的最優博士論文獎，李先生是第一位得到這項殊榮的中國農經學者。」

謝森中先生在與有榮焉的情緒中，驕傲地表示，如果說他本人曾因共同研究而對李登輝先生的傑出成就有過些微幫助，那是此生令他感到最有成就感的事。

充滿理想和幹勁

「在農復會共事時，我們常一起出差，跑遍了全省三百多個鄉鎮，我們到達許多山地鄉、水利會、農會等，也爲石門水庫與曾文水庫的技術工程做經濟分析。這也就是由農復會幫忙做建設水庫前的經濟調查，分析國家在此重大投資之前，是否有經濟價值爲依據，譬如農村的生產力、單位產量等，調查後成爲一份基本資料，待水庫完成了三、五年之後再去做配對調查，前後比較，如此可以評估出水庫的功能。」謝森中先生與李登輝先生的

「交集合」中，似乎除了工作，還是工作。

「我們還共同首創和推動台灣省的農業普查。總之，當時我們人在農復會，是爲國家工作，也是爲全國農民工作，我們自己感覺到一定要創新，要做工程設計經濟分析的先鋒，年輕人充滿理想和幹勁，滿腦子改善經濟環境的推動農業發展方案，興致勃勃。」

這兩位志同道合的好友，立志要將農民的生活整個改觀，在台灣省由農業大國蛻變成工業大國的道途，他們期望能盡一己心力，幫助多難的國家建設、進步、繁榮。他們執著地研究著水利、灌漑、鄉村道路、肥料使用分析、農產運銷……各種相關的科目，直到民國五十四年兩人分別踏上出國就業、深造之路，從未稍有間斷。

「李登輝先生是個非常喜愛讀書的人，任何有價值的書他絕不放過，當他在台大農經系當助教時，台大農經系圖書館裏的書，他全都讀遍了。我和他一起工作多年，他留給我最深刻的印象就是手不釋卷，而且關心國家發展，唸的書是理論與實用並重。所以他不是個讀死書的書呆子，他是爲實務貢獻建國而努力，這也是後來他會去從政的原因，當他的工作範圍愈廣，他對國家社會的貢獻機會就愈大，我相信這是他肯犧牲他最熱愛的單純研究工作，而去做複雜的政治工作的主要原因。」

研究工作是一種實證性的「檢驗的眞理」，所以無法固執己見去「一廂情願」，也不可能講什麼彈性，需以邏輯化的推理、科學式地解釋疑難、找到正確答案。所以謝森中先生認定，李總統今日的政治風格也必然會用學術研究的理念來客觀從事，不會固守成見，也不可能缺少理論基礎，畢竟，這是一位學人從政，李登輝先生是一位希望藉由政治工程方法達成建設國家的宏願的謙謙學者。

沒有私心，不求私利

謝森中先生毫不掩飾他對李登輝先生的長期友誼和工作伙伴的感情。

「和他一起工作的感覺好極了，他很能與人配合，誠實，說話直接，理性。他有種樸素的本質，像一塊原木，或是璞玉，未經雕琢。他有百分之百的專業素養，又有奉獻熱誠，肯吃苦，對人生有方向，而且個性容易相處。我非常懷念我們在一起消磨掉的光陰，因爲一點也沒有浪費，全用在國家和農民身上了。」

能夠想像朝夕相處的好朋友有一天會成爲中華民國總統嗎？

謝先生笑了：「沒有！我自己也沒想到會做中央銀行總裁。我們那個時候專心做研究工作和農業發展業務，誰會去想職位的事呢？」

現在見面，感覺有何不同呢？

「討論問題他更有系統，就像當年共同寫書，有時爲一個句子或一段文字，推敲再三，他現在要應付的場面和工作比以前太多太複雜了，但是他的頭腦一樣清晰有條理，他對每件事都專心研究，也都有做專家的條件。他奉獻在一件事情上肯花的心血有增無減，誠懇是他的出發點，無論做人，或者做事。」

謝、李二人因學術而論交，常相往還。那時他們兩家都住在松江路，兩人的最小一位女兒還是中山國小同班同學。而多少年來辦公室裏面對面，下班以後仍可傾訴談心，這種益友兼摯友之情，給了謝森中先生這樣的結論：

「我欽佩他對研究學問的認眞，也欣賞他待人的純眞，無論他在任何一個職位上工作，他一定是盡心盡力爲他的專業貢獻，並以國家建設、社會進步爲己任的。」

李登輝先生以他的坦率眞誠贏得了老友謝森中先生恒久的敬愛，不僅由於他的高潔品格和卓越學養，更重要的是，無論在學術裏，或在政治上，他從無私心，不求私利，從過去，到現在，至將來，老友對他永遠有信心。

謝森中總裁可愛的天眞面在訪談中眞情流露，他侃侃而談，率眞如明鏡，回想起與好友李登輝先生共同踏過的芬芳，眸子突然閃亮起來。

彼此欣賞的一對老朋友，四十年前以學問和研究織起友誼的網脈，目下更能共處廟堂、同心報國，人間的圓滿以此爲足矣。

謝森中，民國八年十一月生，廣東梅縣人。中央大學學士、碩士，美國明尼蘇達大學博士。會任農復會技正、秘書長，亞洲開發銀行投資計劃審核處處長，行政院經建會副主任委員，交通銀行董事長等職，現任中央銀行總裁。

心心繫念教育與學術

訪孫震先生

應平書

做為一名「經師」，
李老師教導學生不論是研究或處理其他事務，
都要有腳踏實地的理念；
而做為一名「人師」，
李老師本身的一言一行，
都在孫震心中留下潛移默化的感召與影響。

態度認眞，用語誠懇

學生時代，李登輝老師在孫震的心目中是個純眞、質樸、正直的學者。當他討論問題時，態度率眞、用語誠懇，絕沒有「花言巧語」。三十多年後的今天，李老師貴爲總統了，然而在孫震的感覺中，他這種學者的性格和風範始終沒有改變。

提到現任台大校長孫震和李總統相識的經過，那是民國四十六、七年的時候，孫校長還在台大經濟系就讀研究所碩士班，李老師在當時經濟系主任張漢裕教授的聘請下，到經濟研究所擔任兼任教授，孫震自然地成爲李登輝老師的學生。

一直到現在，孫校長還能清晰的感覺到，李老師上課時那種認眞、執著的態度。

其實，經濟研究所那一年級總共只有四個學生，上課時就像開小型的討論會一樣，再加上師生年齡相差不過十歲左右，李老師上起課來，態度很隨和，雖不很嚴肅，卻也絕對不會天馬行空，尤其提到一些專門性問題的關鍵時，他並不在乎同學們和他爭論，但如果學生有相反意見，而且他並不同意時，他也會毫不保留的馬上加以駁正。

而他的駁正，也絕不是空泛的理論，而是用一種純學術的立場，以實際的數據提出來的。

藝術的修爲豐富了他的生活

有時候他會流露出感性的另一面，這種充滿人情味的「小事情」，在孫震年輕的心靈中留下深刻的印象。孫校長清晰的記得，有一次星期假日，他到西門町一帶逛街，看見李老師揹著畫板，正準備到郊外去寫生，意外的發現帶給他很大的衝擊。這是他第一次感受到老師在嚴肅的外表下，也有他浪漫的、充滿文人情懷的另一種生活情趣。

在後來三十多年的相處之後，孫校長對李老師有進一步的認識，他知道老師是個藝術愛好者，不但本身在繪畫和小提琴上有很深的造詣，也一直很支持社會的藝術活動。後來，李登輝擔任台北市長，積極支持台北世紀交響樂團。那時孫震的大公子正巧在世紀交響樂團工作，使他認識了老師在專業知識外的另一面：老師是懂得生活情趣的，藝術的修爲正好豐富了他的生活。

在教孫震的時候，李登輝的本職在農復會。有一天，孫震有事到農復會找他，一進辦公室大門，看到老師和王友釗先生兩人的辦公桌都是「面壁」而坐，而兩人也都各自埋首「苦讀」。這一個偶然的「發現」，也帶給他很大的震撼。原來，老師是如此的「用功」，這不正是他應該要效法的地方嗎？

的確，李老師律己很嚴，所以他同樣要求學生以一種認眞、紮實的態度從事學術研究。不過，李老師偶爾也會有富人情味，或網開一面的時候。

記得有一次，李老師要他們交一篇研究日本經濟學教授大川一司的論文，他們四位同學中，有一人還沒完成。這位同學就要求其他三人和他「同進退」，大家一起要求老師不要交這篇報告了，而他們三人也很「義氣」的答應了。

上課時，大家你一言、我一語的說服李老師，每個人一致謊稱都來不及寫這篇報告。

李老師在大家「苦苦」請求下，也就答應了同學的請求。一直到現在，這篇已寫完的報告仍存在孫校長衆多的珍藏品中。想起年輕時偶爾「出軌」的往事，他特別感念老師的寬容。也是在歷經世事的磨練後，更體會出老師這種充滿人性的處事原則，嚴格中自有一種包容。

做爲一名「經師」，李老師帶給學生不論是研究學問或處理其他事務都要有腳踏實地的理念；而做爲一名「人師」，李老師本身的一言一行都在孫校長心中留下潛移默化的感召與影響。

能力和才華備受賞識

李登輝當年所以從農經系兼任教於經濟系，和經濟系主任張漢裕教授有很大的關係。張主任是李登輝的前輩，雖沒有直接教過李登輝，卻非常賞識他做學問的態度和紮實的研究心得。

後來李登輝離開教授的崗位，轉到政界發展。當他在台灣省主席任內，那時張主任退休，拿出自己多年的版稅成立摯友基金會，目的是爲獎勵年輕學生從事經濟史研究，李登輝堅持以學生的身份出錢出力。

李登輝的日文基礎好，經常閱讀日本及國外學術論文，使他從事有關經濟或農業研究及撰寫報告時內容紮實、見解獨到，張主任非常欣賞他這方面的能力和才華。而他在研究所上課，和三、四位學生不拘形式，或相互討論，或傳授知識，深受學生歡迎，是學生心目中的好老師。

也因爲這樣，孫震始終和李老師維持師生的關係。從台大畢業，到曼谷做研究，最後進入經建會，開始和李老師有了長官、部屬的關係。孫震覺得，老師三十多年來始終保持著一貫的赤誠和純眞的處世態度。

心心繫念篤實務本的老教授

前年台大四十週年校慶，當時擔任副總統的李登輝特別把他在省主席任內，民意代表送他的大型樟木雕刻「百馬復中興」贈給台大。孫校長深深了解到老師對學校的關愛，但他關愛的不只是台大，而是整個的高等教育，而其中他最重視的是那些一生從事學術研究，不計名利的老教授們。

也許正因爲他自己曾是一個從事學術研究的實踐家，所以他一直心心繫念那些篤實務本的教授對學術、對國家的貢獻。李總統曾一再對孫校長表示，他一定要親自去拜訪這些教授，感謝他們對提升學術的努力。可惜的是，太多的國事要他勞心勞力，使他這點小小的心願尚未能實現。

近年來，由於了解李老師公務實在太忙，已經很少去拜見老師或電話請安了，偶而在電視或傳播媒體中獲悉老師的談話和做事的情況，仍然強烈感受到老師仍然是那麼率眞、坦白，他的心胸是坦蕩蕩的，他永遠是孫校長三十年前認識的篤實、認眞的李老師。

孫震，民國廿三年十一月生，山東平度人。台灣大學經濟研究所畢業，美國奧克拉荷馬大學經濟系博士，芝加哥大學經濟系研究。曾任台大經濟系講師、副教授、教授等教職，及行政院經濟設計委員會副主任委員、經濟建設委員會副主任委員，現任台大校長。

思考活潑，治事嚴謹

訪陳希煌先生

■楊錦郁

當時的李老師年紀才三十初頭，和同學們差距不大，
加上他的作風開明、觀念新穎，
無形中和學生們培養出一種亦師亦友的情誼。
陳希煌說：「他和教過的每一班學生的感情都很好。」
周末上李老師家中吃飯，
也成爲離家在外學生的一大樂事。

嚴肅又熱情

臺大農業經濟系主任陳希煌是李登輝先生在臺大任教的早期學生，兩人還曾在農復會同事多年。陳希煌後來步李登輝老師的後塵走上農經研究，對李老師的爲人和學術成就有一番深刻的領會。

民國四十四年，陳希煌進入臺大農經系就讀，大二時，上了李登輝老師的一門「貨幣銀行學」。當時，李老師剛到愛荷華大學研究一年多回來，算是系上老師中的少壯派，他的教學新穎，有點美式作風，往往在課堂上開了一大堆參考書要學生私底下研讀。陳希煌對這個留學美、日的年輕老師印象最深刻的一點，却是他的一口臺灣國語。他記得李老師老是把「購買力」說成「搞買力」，在講解「物價反應貨幣的問題」時，談到同樣一件貨品，有的商店賣得貴，有的便宜，主要因爲較貴的商家，成本中還包括：冷氣「開分」，他的話令同學們聽得滿頭霧水，後來才猜出原來他是在講冷氣「開放」。

不過才一年的時間，當陳希煌升上大三後，發現李老師令人發噱的臺灣國語已經大爲進步，讓同學找不到笑柄。這時的李老師，上課依然十分嚴肅，甚至可以說是一板一眼，只專注課業的教授上，可是，一到下課，他却換個人似地，變得談笑風生，十分熱情。當時他在臺大只是兼課，專職工作在農復會，然而，他並不以「兼差」的心情對待學生，他喜歡在下課時間和學生們坐在農學院前的草坪上，繼續課堂未完的話題，或者爲學生指點生活上的迷津。陳希煌記得，班上同學一遇到問題，往往會跑到農復會去找他，而他不管多忙，一遇到學生有事，立刻放下手邊的工作，耐心地爲學生講解，講完後，偶而還會反問一下，若是被他發現佯裝懂，一定會惹來一頓罵說：「不懂就不懂，不要裝做懂。」因著他的這種性格，使得前去求教的同學一定會把問題弄懂，這也是大家喜歡去找他的原因。

由於當時的李老師年紀才三十出頭，和同學們差距不大，加上他的作風開明，觀念新穎，無形中，和學生們培養出一種亦師亦友的情誼，陳希煌說：「他和教過的每一班學生的感情都很好。」有時，週末上李老師家中吃飯，也成爲離家在外的學生的一大樂事。提起學生時代對李登輝老師的整體印象，陳希煌的感覺是：「他在學生面前呈現了嚴肅和熱情的兩種面目。」

深入問題核心

當兵回來後，陳希煌在母校擔任三個月的研究助理，因農復會需要人手，於是他在系主任的推薦下前去上班，成爲李登輝老師的同事。陳希煌說：「跟李老師做事情，是我這輩子學習的一個重要階段。」因爲在大學所接受的只是一般通識教育，距離專家學者的路還遠的很。所以，一到農復會經濟組和李老師共事，他立刻感受到一種「學識不足」的壓力。陳希煌談到，那時候李老師每交待一件工作，研究助理都要花很多精神才能做完。而當他在交待工作時，一定會附帶指定幾篇論文或參考書，要大家仔細研讀，無形中也達到了磨練助理的效用。

從大學畢業到出國唸博士，陳希煌在農復會待了八年，受到李登輝老師很大的影響。他說：「李老師曾留學美國和日本，瞭解中、日、美三國的文化背景。當時，在農經研究範疇中，日本著重資料處理和歷史性探討，美國則偏向技術開發，李老師回國後，融取二者的長處來研究臺灣的農經發展，並且致力整理臺灣的農業資料，從一八九五年逐年做到一九六八年，陳希煌說：「那時候，很多人都認爲這是一件吃力不討好的事情。」因爲光是整理一年的資料，就要花三到五個月的時間，整理完後還要加以分析。然而，正由於這套資料的完備，使得今日臺灣農業經濟研究在世界佔了一席地位，現在外國許多農經學者仍然不斷在藉助這套資料。

在李老師的指導下，陳希煌認識了何謂臺灣農業經濟，使他日後走上這條研究方向；而在工作過程中，也使他學會了農業經濟分析的理論和技巧，他表示從這個訓練中得到很大的收獲，譬如後來到美國唸書，他的英文沒有當地學生好，可是美國學生聽不懂的分析，他却一聽就懂，在從事畢業論文的寫作時，也頗爲得心應手，這完全要歸功於在農復會八年的磨練。

「你沒跟他接觸，不知道他的學問有多深；當你和他接觸後，就可以看出他的思考能力和表達的活絡。」陳希煌如是描述李登輝老師。通常一般人在看問題時，只看到表面，然而李老師却能深入核心，以農民所得爲例，執事者只著重如何提高所得這個問題，然而李登輝老師却會聯想到當政府對某種雜糧採取價格支持政策時，很可能會破壞市場的價格體系，影響其他作物。他的思慮周詳，莫怪在康乃爾大學所寫的論文「臺灣經濟發展與農工間資本移動問題（一八九五～一九六〇）」會榮獲一九六八年全美農業經濟學會最優博士論文獎。陳希煌說：「四、五十年前，臺灣的農經學術研究在國際間完全不受到重視，而李登輝老師可以說是第一位應邀出國宣讀論文的學者。」

致力農經研究

李登輝在農復會的期間，我國正處於追求成長的時代，所以，我們的研究方向也著重於農業的成長。他致力探討農業發展中的投入因素、影響，預測未來；分析農業成長中資金的累積如何轉到工商業，促進後者的成長。

陳希煌解釋李登輝老師當時的研究重心擺在臺灣地區，臺灣的農業開發在世界上算是特殊的例子，它不像美國地大物博，也不似日本在一八七五年經濟開始發展時擁有的有利條件。臺灣山多、平原少、資源缺、人口多，却在短時期內做鉅大的變化，這種過程確實稱得上特殊，陳希煌談到當初隨李登輝老師從事研究時，所面臨的許多問題都是第一次出現，在摸索中走了很多冤枉路，然而，李登輝老師却很沉得住氣，默默地整理著斷簡殘篇，他甚少在國內的報紙寫文章，打知名度，然而所寫的論文却一篇篇在國外發表，其中很多篇都被國外收入重要的農業出版中。當他六十歲時，夫人李曾文惠爲了替他祝壽，將他過往發表關於農業政策、農產運銷、農民保險及農村建設等中、英文約百篇論文結集爲『臺灣農業經濟論文集』三册（Agriculture & Economic Development in Taiwan, Volume Ⅰ、Ⅱ、Ⅲ），於民國七十二年一月出版。

擅長全面性的思考

一九七四年，陳希煌從美國留學回來，繼續在農復會做事，那時的李登輝老師已當上行政院政務委員了，却依然對農經十分關切。當時，國內很多留美的農業專家一再呼籲要提倡綜合養豬。舊時，養豬是農村的副業，也是農民現金的來源，然而，用傳統的方式來養豬，一家頂多養個五、六頭就很費事了，而綜合養豬的效率很高，一個人管理一、兩百頭豬並非難事。

有一天，他興致勃勃帶同陳希煌南下參觀，回來後，他憂心地說：「如果推廣綜合養豬，農村經濟一定馬上垮掉。」因爲豬的數量增多，豬價自然跟著下跌。再說，綜合養豬需要大筆資金，不是平常小農能夠負擔；當豬隻集中在大農的手中時，小農家庭式的養殖一定會被擊垮，農家也會失去現金來源。

從南部回來後，李登輝寫了好幾篇報告，建議主其事者要對這個政策做全面性的整體評估。可惜，在「技術掛帥」的呼聲下，綜合養豬方式一下子從國外引進來，爲了飼料不足，還開放了雜糧進口，結果不但拖垮豬價，也重創了國內的糧價。更嚴重的是豬隻的排泄物過多，造成了環境汚染。

換了別人，遇到這種後果，心裡可能會罵道：「活該，誰叫你們當初不聽我的話。」然而李登輝却不這麼想，反而急急思索補救之道。

由於李登輝經常遍訪鄉野，早就注意到防風林的種植，也一直在思考爲何祖先們從唐山過臺灣後，隨即在海岸線遍植密密的木麻黃。直到他在政務委員任內，有一次搭乘直昇機巡視西岸，回來後對陳希煌說：「老祖先眞聰明啊！從空中望下去，凡是有種防風林的地區都是一片綠油油的。」從此，他便大力推展綠化運動。當時不論是養豬政策或綠化運動，都是社會政策中被忽略的一環，而李登輝却爲此花費了很多心力。

陳希煌談到，大部分的專家多少學有所「專」也有所「偏」，然而李登輝老師周延的思考，常叫他心生佩服，他說明：「李老師在考慮事情時，總希望個體不要危害總體，總體能夠照顧個體，只有彼此的利害一致，才不會產生後遺症。當利害不一時，任何成長都會有不良後果。」

要以第一流自許

民國七十年，李登輝將接掌省主席之際，自忖日後公務繁忙，必將剝奪做學問的時間，便將珍藏的二千多本藏書送給臺大農經系，而且惆悵地告訴陳希煌說：「以後我可能沒有時間來讀這些書了，就請系上的師生幫我讀吧。」

李登輝是光復後，臺大農經系第一屆的畢業生，對於母系自然有著深厚的感情。在他剛當上總統不久，有一次到台大視察，特別請陳希煌在農業陳列館裡向他報告系上的現況，陳希煌告訴他系上近幾年的發展情況，師資和設備的增加，以及參加國際學術會議的經過，陳希煌謙虛地下結語說：「報告總統，臺大農經系絕對具有世界第二流的水準。」他聽了大聲地道：「什麼第二流？要以第一流自許。」結果大家都忍不住笑出聲，孫震校長趕緊打圓場說：「報告總統，陳主任是在客氣，才說自己是第二流，其實我們農經系正朝第一流邁進。」

由於到目前爲止，臺大農經系是中華民國唯一出總統的系所，無形間，給該系帶來若干影響。陳希煌說明農業在現階段是個下降的產業，每年農學院都有招生困難的現象，大部分的系在大一時招進將近五十名的學生，到了大三、大四却只剩下二十個左右的學生，不過，農經系却沒有過這方面的困擾，反而是轉進來的學生比轉出去的多，陳希煌說：「這可能是因爲李登輝總統是我們系上畢業的，報紙上經常提到臺大農經系，無形間替我們系上做了宣傳。」

然而，由於李登輝這位學長的成就，使得臺大農經系的學生也感受到一股潛在的壓力和使命感，大家都有一種「不可讓總統丟臉」的自覺。陳希煌說：「我們農經系這幾年進步快速，多少是受到李總統的鼓舞。」

從在臺下聽李登輝老師的課，到今日成爲農經系主任，扮演當日李老師在課堂上的角色，陳希煌經過很長一段時間的努力，然而他也坦承：「李老師的學識、耐力、熱情，是我們一輩子趕不上的。」在他看來，李登輝老師除了學識淵博外，還有某些天賦，他說：「同樣面對一個問題，我們還在想如何著手時，他已經想好幾個解決方式。」

思考活潑、治事嚴謹是陳希煌對李登輝老師的感受，在兩者的相互調鼐下，蘊化了李登輝獨樹一幟的風格，也成爲後進的學習榜樣。

陳希煌，民國廿四年十二月生，台北市人。台大農經系畢業，美國喬治亞大學農經博士。曾任農復會高級技正、農發會經濟研究組組長，現任台大農經系主任、經建會諮詢委員等。

輯二。真才實學

全憑眞才實學，才有今天

——訪林太龍先生

荻宜

交談的時候，他們國語、台語、日語發音，碰到專有名詞，再用英語，加上「太郎」、「太郎」的暱稱，歲月又回來了，彷彿還在台大農學院，大家都是二十啷噹歲的「讀冊郎」！

先說一個「巧克力」的小故事。

丈夫到愛荷華大學唸書，思念妻兒，特地買盒「巧克力」寄回台灣。當時，台灣人民別說是吃「巧克力」了，連聽都沒聽說過。年輕美麗的妻子，自然欣喜，她抱着兒子，喜孜孜赴郵局領取。「巧克力」要上稅，做妻子的問明了，心涼半截。這份「禮輕情義重」的巧克力，遠渡重洋而來，變得很「重」了。她必須繳上可觀的稅，才能攜回品嚐。

幾秒鐘遲疑，妻子堅決道：「巧克力我不要了！」不是她不要，而是吃不起！

奢侈的巧克力

以上是民國四十年間的小故事，這段過往，是台灣土地銀行林總經理太龍說的。故事中的男主角是李登輝先生，女主角是曾文惠女士，小稚兒，自然是他倆的愛子李憲文。

小故事有它的溫馨和辛酸。現代的孩子，恐怕沒有不知「巧克力」的。小故事說明一件事實：曾經，我們艱辛貧困過，連「巧克力」也成奢侈品，想都不敢想望！

故事發人深思，原來，富有並不是順利得來，是走過艱辛，逐漸才擁有的。

每本書擺那裡都清楚

算來，李登輝與太郎結緣，整整四十年以上了。

「太郎」是林太龍的小名，在非正式的場合，李登輝習慣直呼「太郎」而不喚其正名。「太郎」、「太郎」不僅是小名，也是暱稱，聽來非常親切。

李登輝從台大農經系畢業，担任助教，林太龍恰在這時節入台大農經系唸一年級，這是民國三十八年的事。

起初，林太龍印象特別深刻的是，這位「李助教」非常用功。有人到圖書館借日文書，管理員遍尋不着，「李助教」正巧在一旁，便告訴他：「×××在這裡，×××在那裡。」

他邊說邊動手，大手一伸，要的書立即順手拈來，眞如桌上拈柑，簡單精準。

林太龍說：「可見他多用功，書被他翻遍了，書擺在那裡，他都清清楚楚。」

來，我帶你去買書！

唸大二，林太龍才與這位助教學長熟稔。農經系教授比學生多，登輝學長常帶林太龍等學弟到王益滔教授房裡，喝茶聊天。祖籍浙江樂清的王益滔教授，作品與台灣本土相結合，著作甚豐，代表作有「論台灣農業之發展」、「台灣之稻米與消費及其預測」、「台灣之農業經濟」、「台灣之土地制度與土地政策」等等，後來李登輝的博士論文「台灣經濟發展與農工間資本移動問題」，多少受這位恩師的啓發。李登輝對這位老師非常敬重，民國六十七年，他接掌台北市，新舊市長交接典禮，他邀請一「大」一「小」兩位老師，「大」老師是王益滔教授，「小」老師則是他唸汐止國小的潘銀貴導師，可見他的念舊和不忘師恩了。

林太龍畢業後，也留台大做助教。登輝學長常鼓勵他看書，他常說：「來，太郎，我帶你去買書。」

諸如：總體經濟、個體經濟、福利經濟、國際貿易等不屬於課內書籍，都是登輝學長介紹給林太龍，並帶他一塊去選購的。

大家環境都不富裕，每天帶便當，一起蒸，中午若便當菜不好，大夥兒輪流到福利社買點菜，讓口腹快樂一下。由於沒有午睡習慣，餐罷聊天說笑，要不就到王益滔老師處，喝點比開水有味的茶水。李登輝和林太龍倆人後來都會英文打字，原來是利用午休時間，鍵盤上敲敲打打學會的。

一天，喜歡運動的李登輝，看到林太龍等人埋首課本，便說：「你們，不運動不行！」

於是，他帶林太龍等人到高爾夫球場。林太龍說：「我的高爾夫球，是他教的！」

手頭很緊，開始賣戒指

熟稔之後，「太郎」到李家走動，對李家的情況有一些了解，他說：登輝先生的大哥登欽二次大戰時去了南洋，生死不明，大哥之子李憲明就讀成功中學，住李登輝家，由叔嬸照顧。

李登輝在美國愛荷華大學讀書，文惠女士已生了憲文和安娜，家計艱難，文惠女士開始賣戒指。至於戒指從何而來？有一段小插曲，林太龍說：

文惠小姐自第三高等女校畢業，曾在台灣銀行服務，每月薪水用不完，就買金戒指來收藏，用手帕包起，有一大包。嫁給李登輝後，她辭去銀行工作，曾母還覺得可惜，文惠女士淡然道：「既然這怪人不要我做事，我就讓他養好了。」

沒想到當年積存的戒指，居然派上用場。這也說明文惠女士的克勤克儉，一個在優裕的環境長大的女性，仍保有傳統的儉省美德，實在難能可貴。

一起坐部車子去打拚

李登輝自助教、講師、教授，後並兼任省合作金庫研究員，閒暇仍與林太龍等老友往來。這段時間，林太龍還從登輝學長處，學到下圍棋，倆人閒暇常有奕棋之樂。

林太龍後來去了農復會，是登輝學長引薦的，林太龍高興地說：「他還是我進農復會的保證人呢！」

林太龍說：當時，他們曾寄問卷調查到農村，回收率很低，李登輝認為與其坐等回收，不如主動去查個究竟。又譬如調查農產多少，農家往往以多報少，這也難不倒登輝學長，他用「坪割」的方式估算，也就是以每坪收割多少，來推算大面積的實際收穫。當然，這需要親自出馬，才可瞭然。

有一次，兩人參加一個農業考察團赴東部了解山坡地開發，到了花蓮玉里，就在土地銀行鶴崗茶場的對面山坡茶場。當年電視台已開播，農場却沒有電視機，連最起碼的娛樂都沒有，生活儉省的李登輝立即自掏腰包，他說：「你們沒電視看，我送你們一台。」

從學生時代到農復會時期，倆人餘閒，還會興味盎然去圓環，吃路邊攤，這樣自在的情境，登輝先生再不可能重溫了。

林太龍說，同事雷秉章曾替李登輝看相，說他將來是個大人物，李登輝聽了淡然一笑。事實上，自李登輝出任台北市長成了公衆人物後，一般稍懂面相的，見到他的「大𡰪斗」，都說他「晚運尤其好」。

不以金錢著眼

李登輝以學者（台大農經系教授）兼農復會顧問，一躍而爲行政院政務委員，這當中自有因緣，非平地青雲。

林太龍指出，農復會長官蔣彥士到行政院參加各種財經會議，登輝先生以農經專家與會，通常一般與會者，僅提及某種政策正面的優點、益處，避免談及負面的影響，李登輝却同時提出負面的隱憂和缺失，不只如此，接下來，他還有建設性的意見。時任行政院院長的蔣經國先生因此對他讚賞有加。提到這一段，林太龍說：「他是全憑眞才實學，才有今天。」

不久，林太龍赴土地銀行担任副總經理，李登輝鼓勵他前往，雖然土銀的薪水還不及農復會一半，但他也和登輝先生一樣，任何事不以金錢著眼。

當年李登輝從康乃爾大學回來，兩項工作任他抉擇，一是仍在農復會担任技正，月薪兩百美金；一是新台幣五百元的省農林廳經濟分析股長。任何人都會選擇農復會，第一高薪，第二前景看好，李登輝却選擇後者，唯一的理由是：農林廳長徐慶鐘是他台大老師，老師要他幫忙。他說：「師恩重如山，這不是金錢可以買來的。」

不過，那一段日子，曾文惠女士也實在苦得夠瞧的，連生病都捨不得看醫生，實在撐不住了，去看，花了四十元，心疼得要命，這下連李登輝也發起愁來，「明天的菜錢怎麼辦？」那時他是騎脚踏車上下班的。

往事如煙，四十多年的前塵往事過去了，林太龍還記得，大約民國六十年左右，他和曾文惠等人一起加入青年公園的台北球場，每人以三萬元買得永久會員證，當時登輝先生提議，大家組成「金龍隊」，隊名與世界少棒冠軍隊「金龍隊」同，他們常做友誼賽，李登輝先生總贏球，不過文惠女士的球技也不錯。據說有次小比賽，主辦單位認定登輝先生必勝，就把他的大名往獎杯上一刻，料不到，比賽結果，曾文惠女士拿到冠軍，青出於藍而甚於藍，（因文惠女士的球技是丈夫教的。在李登輝讀康乃爾大學時，太座去住了一段時間，就學會了）徒弟把師父打敗，師父還是很高興，主辦單位却慘了，獎杯發不出去啦！

國語加台語加日語，歲月回來了

老學長、老同事、老朋友做了公衆人物，甚至眼前，還登上「中華民國大總統」寶座，問林太龍有什麼感想？不擅修辭的林太龍笑呵呵說：「很好啊！」

李登輝國事繁忙，好久沒能與老朋友聚聚，但是，偶爾在球場相逢，大家穿着球衣，似又回到無拘無束的年代，李登輝跟每個人打招呼，笑顏逐開的一張臉，猛然有人想起他是「總統」，該禮讓總統一下，請他先打，但，李登輝不肯，他說：「照順序來嘛！」在球場，尤其在老朋友面前，他可不要與衆不同，一切都「照順序來嘛！」

林太龍常想起從前，他是李家的座上常客，李登輝住過重慶北路、民生東路、仁愛路，每一個地方他都常去，李登輝喚他「太郎」……。交談的時候，他們國語、台語、日語發音，碰到專有名詞，再加英語。現在，也一樣，非正式場合，李總統用多種語言混合，再加「太郎」「太郎」的暱稱，歲月又回來了，大家年齡似乎變小了，彷彿還在台大農學院，大家都是二十嚐啷歲的「讀册郎」！

林太龍，民國十八年生，台北市人。台大農經系畢業，曾任台大農經系講師、農復會、土地銀行副總經理等職，現任土地銀行總經理。

不空口說白話

——訪陳新友先生

■宋雅姿

還唸大三的陳新友，坐在台下，
第一次發現有人可以把「架構分析」這類枯燥的課，
講得那麼鮮活有趣。
當年受他薰陶的學生，如今在臺灣農經界多已卓然有成；
這些人在培養新生代的同時，
也把李登輝注重「實證分析」的方法傳了下去。

現任行政院農業委員會主任祕書陳新友，第一次見到李登輝先生，是民國四十二年，在台大農經系的課堂上。

將枯燥的課講得鮮活有趣

當時，李登輝剛從美國愛荷華大學農業經濟系研究所深造歸來，一面在臺灣省合作金庫當研究員，一面回母校——台大農經系教書。正唸大三的陳新友，坐在台下，第一次發現有人可以把「架構分析」這類枯燥的課，講得那麼鮮活有趣。

「李老師的課所以鮮活有趣，不是口才好，而是內容新。」陳新友回想那時臺灣光復不久，師資缺乏，教授多半是老先生，講起課來也是老生常談，只有李先生的課，讓他覺得「創新而有啓發性」。

「當年的李登輝先生，也不過三十歲出頭，講課卻很有系統。他不會東拉西扯、跳來跳去。顯然事前下過很大的準備功夫，才能把課程安排得這麼好。」

陳新友最佩服李老師的是——「從不空口說白話，一定言之有物」。以他教「經濟分析」來說，一般人談經濟問題，總是以理論居多，李老師卻特別注重實證，一定拿實際資料來分析，以精確的統計數字爲基礎。

陳新友認爲，李登輝這種注重「實證分析」的教學法，使臺灣的農經研究有了一個很好的方向。當年受他薰陶的學生，如今在臺灣農經界多已卓然有成；這些人在培養新生代的同時，也把李登輝注重「實證分析」的方法傳了下去。

在陳新友的記憶裏，李登輝先生教書雖認眞，卻不是嚴肅的人，同學們下了課都喜歡往他家跑。內向的陳新友說：「學生時代，我沒有去過李老師家。」幸運的是，畢業後第一個工作，就和李老師同事了。

要對自己有信心

那時候，台糖公司每年計算糖價，都委託台大農經系做調查統計。這件事，實際上是由中國農村經濟學會來執行，負責的就是李登輝先生，陳新友則是他的助手。

「我們經常一起往鄉下跑。實際的調查，是由台糖職員在做，李先生和我主要是到現場了解工作進行情形，並且協助解決問題。再把調查結果交回台大農經系。」

這樣單純的調查工作，李登輝做得全神貫注，而且非常精細。陳新友說，一看調查設計，就知道他有多內行了。

「他設計的調查表格，仔細又巧妙，和預計要達到的目標很有關連。每張表格都不一樣，各有作用。」

李登輝曾在農林廳服務很久，對農民有相當程度的了解。在調查過程中，陳新友發現，李登輝總能對蔗農提供合理的保證價格，提高他們的生產意願。

陳新友表示，登輝先生工作時十分投入，閒暇時也不忘充實自己。「沒事的時候，總是見他在屋裏認眞看書。他不但用功，記憶力也很好。有好幾次，我想到一些問題，覺得好像在什麼地方讀過，跑去請教他，他馬上告訴我，在那一本書的那一部分可以找到答案。」

除此之外，陳新友也發現，「他整合能力很强，能把不同的資訊串連起來，歸納整理出具體的結論，這對於事情的判斷非常有幫助。」

陳新友自認個性保守，許多事情都下不了決定，常去請教李登輝。李登輝就說：「你這樣不行！做任何事情，一定要對自己有信心，否則什麼事都做不了。」並且建議陳新友要試著自己做決定。「我也覺得很多事情總是要下決心的，如果自己沒有信心，就下不了決心。」

在陳新友看來，李登輝處理事情不只有信心，而且有決心——他認爲對的事情，一定堅持到底；部屬如果處理不了，他就親自出馬。譬如在省主席任內，二重疏洪道工程因爲需要徵收農民土地、拆掉當地居民的房子，反對聲浪很大，多年無法解決。李先生就在某天夜晚，親自去和當地居民開會，結果把問題解決了。

「他總是這樣，一旦決定要做的事，一定盡全力做好。平常，他都是支持部屬放手去做；部屬處理不了，他才親自出面解決。」

在共事的那一年中，下了班，陳新友也常和李登輝一起吃飯、喝酒。「他做事或讀書的時候都很投入，可是該輕鬆的時候，也很能放鬆自己。」

陳新友覺得，與李登輝共事雖只一年，但每天耳濡目染，在待人處世方面，都得到了不同於課堂上的另一種啓發。更可貴的是，登輝先生不僅關心學生，也很能提攜後輩。陳新友到省農會任職，再轉調農復會，都是李登輝大力推薦的。

他的眼光遠大

到省農會就任之後，因爲工作上沒有直接關係，陳新友就不再有機會和李先生共事了，不過私下仍有聯繫。

「我們分開後沒多久，李先生就應謝森中先生的邀請，到農復會工作，當過農業經濟組組長，後來轉任顧問。民國六十一年，出任行政院政務委員，成爲當時最年輕的本省籍內閣閣員。」

據陳新友所知，當了行政院政務委員的李登輝先生，大部分的時間仍在農復會辦公。當時推行的「肥料換穀制度」（農民拿穀子來換肥料），對臺灣稻米的增產有很大的幫助，但引來外界强烈的批評，尤其是學術界，認爲這樣對農民不公平。李登輝就建議當時的行政院長蔣經國先生，應該取消這種光復以來行之多年的制度，讓農民用現款來買肥料；因爲肥料換穀是物物交換，非常原始的方式，在現代化的經濟社會中並不合適。經國先生接受了李登輝的建議，自民國六十二年起開始實施新制。

「現在想起來，當時如果不改行新制，問題會越來越多。」陳新友說：「其實那時候，肥料換穀制度還沒有發生什麼問題。外界的批評歸批評，但並沒有迫切取消這個制度的需要。李先生能在問題尚未發生之前取消這個制度，實在很不容易。現在經過了十七、八年，終於看出他當初的建議是對的，可見他的眼光多麼遠大。」

廣納意見做施政參考

李登輝擔任台北市長時，陳新友還在農復會當技正，偶爾見面吃飯時，李登輝除了問起陳新友的工作情況，也會問問他對台北市政建設的看法。

「李先生認爲台北市財源豐富，經費比台灣省政府充足，市政建設應該可以做得更好。」

有一次，陳新友有感而發，對李市長說：「我們的國民太不守規矩了，到那裏都沒有排隊的習慣，大家爭先恐後把秩序搞得亂七八糟。台北市可以領先推行排隊運動。」

陳新友表示，當時自己「只是隨口說說」，沒想到李登輝馬上拿出本子記下來，並且很快付諸行動，連市長夫人都出面推行「排隊運動」，做得十分起勁。

如同他當年在課堂上注重「實證分析」，陳新友認爲李登輝從台北市長、省主席、副總統乃至總統，施政治國，所有的構想都有理論基礎和事實根據，「不是隨便想出來的」。陳新友說，他是一位「不空口說白話、眼光遠大、計劃周詳、有信心、有魄力」的總統。

陳新友，民國十四年十一月生，台灣苗栗人。台大農經系畢業、美國俄亥俄州立大學農經博士，曾任職台灣省農會技正、農復會技正、農發會組長。現任行政院農委會主任祕書、台大農經所兼任教授。

再難的事，總要有人去做

訪陳月娥女士

李登輝先生對事情有鞭辟入裏的看法，
經過思考成型的觀點，
通常不輕易受到左右，
但是，如果有人能夠用很充足的理由向他說明，
他仍舊很樂易接受別人的意見。

楊錦郁

讀遍系圖書館的書

甫進入臺大校門，成爲農業經濟系的新鮮人，陳月娥就聽到學姊用一種又羨又誇的口吻說：「我們系上有一位學長，把系圖書館的書都讀完了。」陳月娥聽了她的敍述，滿肚子懷疑，心想系圖書館的藏書不下千册，這位叫「李登輝」，刻在美國愛荷華大學研究的學長，那來這麼大的能耐？不過，從此對這個名字產生深刻的印象。

民國四十五年，陳月娥升上大三，在課表上看到「李登輝」老師的名字，當時李登輝已從美國回來，在省合作金庫研究室做事，並在農經系兼課，他在大三這一班開了兩門課，上學期教的是「貨幣銀行學」，下學期開「財政學」。

由於李登輝的名字在系上很響亮，同學們對於他的課都有一種期待，等到他步上講臺，開始授課，同學們立刻被他的滿腹經綸吸引住。陳月娥談到當時有許多老師習慣條例式的教法，縱使沒去上課，考試時只要借同學的筆記來逐條讀讀，多半能得到不錯的分數。而這位李登輝老師教法不同，三十歲剛出頭的他，既在日本讀過書，又到美國留過學，見多識廣，上課時往往信手捻來，俯拾皆是教材，生動的教法令同學只能用頭腦記，來不及做筆記，臨下課，每每又會列出一些相關的參考書供同學課外研讀，陳月娥說：「他打的分數高低相差很大，而且絕不接受求情。」所以，同學對他的課都不敢打馬虎眼。

下了課的李登輝通常不急著走，他很喜歡同學去找他討論問題，當時陳月娥的班上有五個女生、七個男生，女生們較害羞，不敢去找他，男同學往往一窩蜂將他圍住，聽他分析疑惑，或多方請益，有時談得不過癮，還會到他家去，一方面聽他道學問，一方面吃師母做的菜，打打牙祭。

陳月娥說：「他跟我們這一班的同學感情極好。」記得第一次省合作金庫邀請日本的早稻田大學棒球隊來臺灣比賽，上課時，同學們知道他以前也打過棒球，不知怎的，話題一轉，要他談棒球，談到球賽，他的興致極好，同學們的情緒也跟著提高，有人起鬨說：「老師，我們能不能去看棒球賽？」他不假思索，馬上答應說：「好吧，我請你們全班去看。」一時之間，全班歡聲雷動，大家都興奮極了。

比賽當天，李登輝老師偕著師母，牽著孩子，帶同學們到北投去看球，原先同學們以爲老師在合作金庫做事，一定可以弄到招待券，沒想到，到了球場外面，他要大夥兒稍微等一下，自己跑去排隊買票。

和男同學投緣之外，李登輝老師對女同學們也很照顧，當時，合作金庫每年都會提供一些論文獎學金，陳月娥班上的女同學們成績都很好，五個去申請全部都得獎，問題是論文的題目要合作金庫同意，陳月娥說，到後來，變成李老師在爲我們找題目，而且還要義務指導我們如何進行論文寫作。

潛心研究台灣的農業發展

在授課的同時，李登輝又在校內義務地指導有關單位委託臺大農經系進行的一些計畫，諸如替臺糖公司的計算保證糖價等等，陳月娥和班上幾位女生畢業後，也加入工作的行列，她說：「名義上是系主任在執行，其實却是李老師在指導我們。」當時，校內的教職員們，每週要上六天班，李登輝却向農經系主任說：「統計工作非常辛苦，而且她們都是年輕的女孩子，就讓她們上五天半的班吧。」在他的爭取下，陳月娥和她的同學們擁有了屬於自己的週末下午。

民國四十六年，李登輝從合作金庫轉到農復會工作，潛心臺灣農業經濟問題的研究，這時，他有心想將臺灣農業經濟發展的資料從日據時代逐年做起，資料性的東西愈滾愈多，於是他請系上推薦一位助理，言明幫忙兩個月，在系主任的推薦下，陳月娥成爲他的助理，跟著他埋首臺灣農業發展的研究。

到了第三個月，系主任來要人了；在臨走的前一下午，她正埋首尚未完成的工作，突然聽到李登輝先生招呼著：「來，來！我們來替陳小姐餞行。」抬頭一看，只見他手上拎著一袋親自到福利社買來的冰淇淋，陳月娥感動地說：「我知道他很少自己去購物，平時買香煙也都由工友代勞，爲了我這個臨時的助理，竟然會跑去福利社買難得吃到的冰淇淋。」

在李登輝的力邀下，幾個星期後，陳月娥再度踏入農復會的大門，繼續協助李登輝進行農業經濟研究工作，從那一刻起我們就開始埋首工作未曾稍歇，而這時李登輝和他的組長謝森中先生正在朝著三大目標進行研究，第一是用數據來解析臺灣的農業發展歷程，第二是探討農產品的需求變化，第三是檢討過去農業的制度和政策，針對這些問題的研究心得，李登輝也不時在國際性的學術會議中提出論文，陳月娥說：「他的英文名字叫 T. H.

Lee，在他還沒出國唸博士的時候，在國外的學術圈內已經響叮噹。」這些計劃包括未來一、二十年的研究目標，雖然這些工作在他們相繼離開時，只完成一半，有時他們仍會提起這些「當年的計劃」。

喜歡開創和挑戰性的工作

上班時間的李登輝很少到其他單位走動，通常他一來就開始工作，不是看書，就是寫報告，偶或有人來串門子，他似乎不太理會，手上的工作一刻也沒停下來，可是，若有年輕同事或學生來向他請教，他可以花很多時間，費很大唇舌爲他們做各種說明或討論，由於熱情所致，他的小辦公室裏經常有許多學生進出。

他喜歡看書及買書的名聲很早就傳開。當時國內的圖書較不齊全，有些新書他往往要特意託人到日本或美國去買，他所看的書並不限於農經方面，各種學科他都有所涉獵。

在辦公室坐久了，偶而站起來舒鬆筋骨，他習慣性地順手取一本書，邊踱步邊翻閱，有一回陳月娥看了忍不住問他：「李先生，你每天看那麼多書，不累嗎？」他抬起頭來，露出訝異的神色說：「欸！看書會累嗎？」書增廣他的見聞，帶給他無限的知識，及無窮的樂趣，沉迷在書的世界，何累之有？

他很喜歡開創和挑戰性的工作，最喜歡掛在嘴邊的一句話是：「再難的事情，總是要有人去做嘛！」在大家皆曰難的情況下，他每每成爲必須去做的那位先驅者，工作多，加班自然是家常便飯，逢到過年假日，他會試探地問陳月娥：「陳小姐，放假要出去玩嗎？

」陳月娥若是搖搖頭，他馬上遞過來一疊資料說：「請你把這些資料帶回家看，好嗎？」

在生活小節上，李登輝並不拘泥於世俗酬酢，每逢過年他會接到各方寄來的賀年片，陳月娥問他：「李先生，這些卡片要不要回呢？」他總是不在意的說：「算了，算了！」後來，他的朋友多半也曉得他不回禮的習慣。

不回禮並不表示他不懂得人情世故，陳月娥說：「在這方面，他的思考可說是相當細膩。」記得有一次，有日本學者要到農復會來訪問，那時，會裏的人上下都在忙，大家都沒空去接機，有人提了一句：「讓陳小姐去吧！」李登輝聽到，當下板起臉，不以爲然的說：「那怎麼可以！怎麼可以讓小姐單獨去接機。」他的周慮，令陳月娥十分感動。她說：「有一次，我家遭水災，只好請假，沒想到當天下午，李先生竟然和謝森中先生涉水到家裏來探望我。」

書生本色，讓他一直謹守以禮待上的分際，陳月娥提到，有一年春節，她一大清早就在住家附近碰到李登輝先生，他手上提著禮物，滿臉笑容說：「我正要去給徐慶鐘老師拜年。」

採納周延的意見

李登輝先生對事情往往有鞭辟入裏的看法，經過思考成型的觀點，通常不輕易受到左右，但是，如果有人能夠有很充足的理由向他說明，他仍舊很樂意接受別人的意見，這時他會說：「好啊，就照你的想法去做。」陳月娥說：「我覺得他的主觀並不見得很强，而他的想法也不是絕對不可更改的，關鍵在於你的想法是否比他周延，或有沒有足夠的信心或理由去說服他。」她記得李登輝先生獲得美方獎學金，要出國深造前，一度猶豫要不要拿博士學位，因爲拿學位必須花費極大的心力去修許多不是很實用的學科，李登輝對陳月娥提到這件事時表示：「到美國去不想拿學位，只要選讀一些自己喜歡及比較實用的科目就好。」陳月娥建議他說：「李先生，你到美國去，最好還是能拿到學位，因爲有幾個年輕的同事或同學，現在在美國都已經快拿到博士學位了，你若沒唸博士，人家一定會認爲你唸不上去，才故意說不想拿。」李登輝聽了，沉思半響沒再多做表示。隔天一早來上班，他走過來對陳月娥說：「陳小姐，你昨天講的話很對，我決定唸博士學位。」

由老師一下子變學生，李登輝剛開始時也不太能調適，尤其他於民國五十四年出國時，已逾不惑之齡，留下家小，單獨負笈異國和金髮碧眼的小伙子們同坐課堂，但是由於他堅强的毅力及求知慾，使他在兩年半的超短的時間內完成博士學位。

家庭氣氛非常和樂

談到李登輝夫人曾文惠女士，陳月娥的感覺是：「她很崇拜李先生。」陳月娥提到，有時候兩人在聊天，她會談起當初和李登輝交往時，每次要回家，他都會交給她一本文學或哲學方面的書，囑咐她仔細讀，李夫人笑稱：「我本來對這些書並沒有多大興趣，可是不看又不行，因爲下一次約會，李先生會問我讀後感。」在愛情的滋潤下，李夫人逐漸嚐到讀書的趣味，陳月娥說：「她現在雖然較少出門，不過由於不斷的讀書習慣，對事情也有深入的看法，知識領域也很廣。」

李夫人原先貴爲地主女兒，未婚前，上班賺得的薪水可以自主支配，每逢領薪水時，她總愛取一部分去買個金戒指等小飾物，點點滴滴存了一些金飾。婚後，李登輝留在臺大當助教及至農林廳服務，領得的薪水差可餬口，然而隨著孩子一個個相繼出世，生活頓時顯得捉襟見肘，李夫人說：「我只好把金戒指一個一個拿去賣以貼補家用，到後來也差不多賣光了。」

李登輝結婚後借住在岳家的房子，經過好幾年，才有能力在松江路買了一棟二十幾坪的小屋，距離陳月娥住處不遠，兩家也從此建立通家之好，陳月娥說：「我常常去他家，他家客廳四壁都是頂到天花板的書櫃，成堆的書，加上不時來訪的客人，讓人覺得屋子實在嫌窄了些。」

幸而，這一家人並不因爲空間狹窄，侷限了心靈的發展，他們各有所司，各得其樂，像李夫人就很懂得安排主婦生活，她花在家務的時間不多，訣竅在於讓生活舒適而簡單化，不要爲口腹之慾所役，她喜歡應用多餘的時間去訪友或進修才藝、充實自己，對於這些興趣，李登輝頗表鼓勵，倒是有一點，多少顯現他仍具有中國傳統男人的性格：就是希望下班回家時女主人一定在家，爲此，李夫人每每算準時間先他一步進門，儘量避免讓他回家找不到太太。

陳月娥說：「我很少看到一個家庭的氣氛像李先生家那麼和樂。」他們夫妻和子女說話的態度就像在對待兄弟姐妹般，從來不擺出長輩的威嚴，譬如說在李先生出國進修期間，有一天，李夫人要和陳月娥去趕場電影，希望孩子幫忙家事，於是面帶笑容徵詢著：「今天那位要幫忙洗碗呀？」樂意幫忙的孩子當然不會有著被強迫的感覺。

同時，李登輝在家裏也喜歡和女兒、兒子溝通，激發孩子們多角度的思考，在自然的言談中縮短親子距離。

民國七十一年，陳月娥結束在美國的短期進修回國，前往辦公室探望已升任省主席的李登輝，當時甫遭喪子之慟的他，一見到陳月娥，脫口直說：「陳小姐，你知道憲文的過世，對我的打擊有多大嗎！」他的聲調淒悵悲涼，令陳月娥喉頭一緊，久久不知如何出言安慰。

對獨子的愛，必然移情至幼小的孫女——巧巧身上，這個小女孩，在祖父母的呵護下，成爲家裏的快樂天使。

他是一座「活圖書館」

從在臺大唸書開始，陳月娥就跟著李登輝做研究工作，縱使李登輝在日後步上政途，關於農業方面的著作出版，仍交由陳月娥來辦理，彼此仍然時相往來，陳月娥說：「現在有些同事稱我爲『小的活圖書館』，完全因爲我一直跟在李先生這個『大的活圖書館』身邊做事得來。」陳月娥談到『活圖書館』是同事們暗地對李登輝的稱呼，她認爲李登輝不但博聞强記，識人功夫更是一等，當他還在臺北市長任內，有一次到市立圖書館分館去視察，乍看到分館長，他馬上轉頭對隨行的總館館長說：「這位李小姐是我的學生，她好乖。」這位李分館長是陳月娥的同班同學，她已經二十幾年沒和李登輝老師見過面。去年，他在高爾夫球場不期遇到陳月娥的另一位同班男同學，李登輝走過去招呼說：「陳先生，最近好嗎？」這位學生怎麼也沒想到當上總統的老師，還記得他這位三十幾年前教過的學生並且還主動打招呼，當場感動莫名。

很少人有陳月娥這般機遇——跟著做事的老師，也是頂頭上司，有一天會變成治理萬機的總統。陳月娥說：「李先生對我最大的影響就是使我對研究工作發生興趣，此外，在做人和做事的態度上，也給我很大的啟發。」

而他的口頭禪「再難的事，總是要有人去做嘛！」也成爲陳月娥時常掛在嘴邊的話，這句話激勵她正面迎向困難，在挑戰中萌生更大的自信。

陳月娥，民國二十三年生，台北市人。臺大農業經濟系畢業，後赴美國加州進修，曾任職於農委會、農發會，現任行政院農委會統計室主任兼經濟研究課課長。

坦坦蕩蕩跨出每一步

——訪黃大洲先生

■楊錦郁

任何事情都按照法規執行，
是李登輝處事的一貫態度。
他就事論事，
雖然難免得罪人，
却能建立健全的運作制度。

老師再三的鼓勵

民國四十五年，來自鄉下的孩子黃大洲以第一志願考上台大農經系，全家人雀躍不已，他自己也以此學歷爲滿足了，但怎麼也沒想到，日後由於李登輝老師再三的鼓勵，又促使他一路讀上研究所，甚至出國攻讀博士學位。

從外型來看，李登輝在當時農經系的諸多老師中，無疑是最令學生傾心的一位，他年輕、高大，鎮日穿著一襲裁剪合身的西裝，自然流露一股書卷氣，而且剛從美國留學歸國，擁有豐富、專精的知識。黃大洲談到，當年從事農業經濟研究的學者，通常比較注意肥料、產量等物質層面，反倒容易忽略「人」的因素，而李登輝却獨重「民本」的觀念，他很關心農民的福利，不但從經濟觀點看農業，還會從人文觀點來看農民的組織和領袖培育等層面的問題。

記得在課堂上，李登輝要學生們閱讀賽珍珠在大陸上所做的一系列農村經濟調查報告，他認爲中國大陸的最大問題還在於農業方面，只要農業改善，中國問題起碼可以解決一半，黃大洲說：「李老師懂得從各種角度探究問題，在談論農業經濟問題時，常會從人性面和文化面去思考，這一點和其他農經學者有很大的不同。」

除了具有濃厚的「民本」觀念外，李登輝還有一項異於其他老師的地方，就是能夠在言談間，激發同學的志氣，促進學生自發力的提昇。黃大洲說，當時班上有些同學是來自鄉下的孩子，以當時的情況，能夠到台北來唸大學，尤其是唸台大，大家都已經很知足了，根本沒想到畢業後，還要繼續深造，以黃大洲爲例，父親是個小學教員，對他而言，台大畢業後，到中學去教書，已經是最佳的出路了，那裡還想過要唸博士？然而，由於他和李登輝老師都是出身農家，彼此有很多共同的話題，在談話間，李登輝經常鼓勵他要將視野放寬，黃大洲表示：「李老師的鼓舞令我下定決心，準備研究所考試。」而他班上的其他幾位同學，同樣因著這股激勵的力量而繼續唸上去。

在康乃爾的那段日子

上了研究所後，由於李登輝在農復會任職，所裡並沒有排他的課，但是他常在固定的晚上和謝森中先生一起到台大義務爲研究生上課，還指導學生進行各項調查計畫。

民國五十三年，黃大洲赴美國康乃爾大學攻讀農村發展碩士。次年，李登輝獲得美國農業發展委員會和康乃爾大學聯合獎學金，也前往康乃爾讀博士班，當時，他已經四十二歲了，黃大洲提到在康乃爾求學的那段日子說：「一般人到了四十幾歲，頂多是去旁聽、走馬看花一番，可是爲了獲得博士學位，他努力上課、抄筆記、繳報告，充分準備考試。」而且在美國唸博士，除了主修之外，還要副修其他課，副修的課要到別系去上，參加該系的考試，再將成績單送回來，考不好還有被「當」的危險。黃大洲說：「能夠熬過這段日子，實在不容易。」

由於功課的壓力實在很大，那時，大家幾乎日夜都拚命在啃書，過得就像是「修行」的生活，只有在考完試後，留學生們才會相偕去喝個啤酒，鬆懈一下緊張的身心。黃大洲說：「李登輝老師喝起酒來是海量。」不過，在獨子憲文過世後，他已發願從此滴酒不沾。

黃大洲和李登輝在康乃爾大學同窗一年後，由於拿到了碩士學位，便先行回國。他談起那時李師母也已到康乃爾去，家中留下了三個小孩和李登輝大哥的獨子李憲明獨立生活。李登輝的大哥在太平洋戰爭時，被日方徵調充軍，從此音訊杳然，留下來的孩子李憲明一直由李登輝帶到大學畢業。雖然長輩不在身旁，孩子們依然非常上進、乖巧，那時候黃大洲每星期總要撥空到老師在松江路的家，檢查一下孩子們的功課，事實上，孩子們成熟的表現也很少讓在海外的李登輝夫婦操心。

他喜歡跑到有問題的地方去

黃大洲在台大農經系讀書時，受教於李登輝，兩人又同是康乃爾大學的博士。在李登輝擔任台北市長時，他應邀擔任市政府研考會執行祕書，當李登輝出任省主席，他也隨著到台灣省政府擔任副祕書長，李登輝晉升副總統時，他回到台大擔任總務長，兩年前再回到台北市政府出任祕書長一職。

長期的共事經驗，奠下了兩人之間亦師亦友的情誼。黃大洲因此對李登輝老師有更深層的瞭解。他談到李老師對問題相當投入，更具有宗教家的奉獻精神。當李登輝還是台大講師時，適逢土地改革之際，因爲他素來認爲唯有土改成功，台灣的農業才有好的發展，社會能夠安定。於是便親自到農村去演講，說服地主支持這個政策。黃大洲說：「他喜歡跑到有問題的地方去。」當他在台北市長任內，正好建國南北高架橋在興工，他經常在清晨六點鐘左右，帶著部屬到工地去，看看施工的進度，或者親自開車上橋，測驗一下坡度。而當省主席時，二重疏洪道地上物的拆遷遲遲未能決定，在數千名激動的民衆抗議聲中，他親自參與數次協調會議，又親自到現場，誠懇地和居民們溝通，終於說動羣衆，配合政府行動，使得拆遷行動得以順利完成，解決了大台北地區數百萬區民的水患。

李登輝受過現代科學訓練，著重抽象理論架構的實際應用，黃大洲說：「他很强調具體、實際、量化。」當然，更能夠注意到現實的操作，除了因爲受過良好的現代科學訓練外，也和他具有紮實的經驗有關。黃大洲提起李登輝在民國四十三年曾進入農林廳工作，擔任技正兼經濟分析股股長，此期間，他經常到農村去從事各項調查，由此令他領悟出政策的好壞，從百姓的食衣住行當中最能直接表現出來。又如他在當台北市長時，也很强調由大層面的建設落實到基層建設，所以不單要興建高架橋，還要注意家家戶戶的水電、垃圾、環境等生活細節。黃大洲說：「十幾年前，他在台北市長任內，非常注重鄰里小工程。」

重視民意，用人客觀

重視民意，也是黃大洲對李登輝的深刻印象之一，他談到李登輝在當台北市長時，他是市政府研考會執行秘書，曾奉市長之命把歷屆議員在市議會中質詢的問題分門別類列出，以做爲市政參考。除此，每兩個星期輪流邀請七、八個里長到市政府，談談各里的現況和問題，並由黃大洲在一旁做成記錄。另外，又不定時邀請各行各業的從業精英來討論市政，提供建議。爲了徵詢更廣泛的意見，還請黃大洲透過學校系統，對家長做全面調查，然後由主計處將各類調查加以分析歸類，以做爲預算分配的參考。

在李登輝當台北市長時，長女安娜已屆婚齡，黃大洲記得，當時有不少求親者，然而李市長沒有門第觀念，他知道女兒已有一個要好的男友，這個男友（即今任職榮總的黃循武醫師）是個馬來西亞僑生，就讀於國防醫學院。黃大洲說：「市長根本不在乎省籍問題，他認爲只要女兒喜歡，對方老實又有正當職業就好。」在他的民主作風下，大女兒終於嫁給了自己喜歡的對象。

李登輝對省籍的觀念一直很淡，有一次黃大洲和他一起到區公所聽簡報，區公所將與會者的省籍詳加注明，當時市長對此有些不以爲然，認爲省籍和工作並沒有關聯，隨即告訴區公所人員，今後對市長做簡報時，不必標列人員的省籍。

除了省籍觀念淡薄外，李登輝也沒有地域觀念，以前，由於地理環境使然，省政府裡的人員多半是南投人或彰化人，當他到中興新村當主席時，只帶了五個人去，創了最低記錄，他認爲，只要肯認眞做事都是國家的棟樑，何必區分地域或派別，黃大洲說：「基本上，他在用人方面相當客觀。」當李登輝任省主席時，正巧省政資料館館長出缺，前任館長告訴他，省政府除了一位護理科長是女性外，沒有其他女性主管，李登輝也很贊成女性多參與公共事務，便要黃大洲去找一位女性館長。黃大洲從人事資料中過濾，在全省找出四十三個符合任用資格的女性，再一一加以面試，結果有一位碩士謝美齡令黃大洲印象深刻，因爲她當過導遊，外語流利，儀態大方，黃大洲心想，她在接待外賓上應該沒有什麼問題，便有意錄取她，然而農發會有人聞訊却警惕他說這個女孩很兇，因爲她會在開會時和上司據理力爭，黃大洲將這個情況報告省主席，省主席說：就事論事，沒什麼關係，決定請她當館長。

重視女性使他在省主席任內，首度將神農獎頒給傑出農婦。

黃大洲說：「資格不符，什麼事情都別和他談。」以他自己爲例，剛到市政府當機要顧問時，並沒有公務人員任用資格，當時的李登輝就常督促他去參加考試，李市長說：「你一定要去參加公務人員考試，不然我可無法用你。」結果黃大洲以四十二歲之齡去參加甲等特考，他說：「去考試時，才發現我在研究所指導過的學生也來考，師生同試，壓力很大。」還好老師技高一籌，成爲四十五人當中唯一錄取的兩位之一。

確立制度的運作

任何事情都按照制度法規執行，是李登輝處事的一貫態度。他就事論事，雖然難免得罪人，却能建立健全的運作制度，而且不光在政事層面上，衆所皆知的台北藝術季、音樂季都是在李登輝市長任內推動起來，黃大洲說：「他是用制度來提升藝術水平。」除了制度化外，李登輝也很重視計畫，他反對想到那裡做到那裡，希望每件事情在進行之初，都有完整的規畫，再循序漸進，黃大洲說：「他認爲只有分析過去、掌握現在、放眼未來，才能符合民衆和社會需求。」當所有的事情都制度化後，不論誰來當市長，都可以繼續朝向市府既定的方針開展。

從昔日的師生關係，到日後同窗、同事情誼，於公於私，黃大洲都對李登輝有著深刻的認識，在李登輝任省主席時，黃大洲還曾和他在中興新村的省主席官邸同住一年，對他簡樸的生活瞭然於胸。黃大洲說當時省府請了一個女傭替主席燒飯，由於李登輝飲食簡單，早餐只要幾片麵包、一個蛋加杯果汁，晚餐兩、三個小菜加碗湯就打發，後來，那位女傭曾很不好意思地說：「你們吃的那麼簡單，我都幫不上忙。」

生活簡單是李登輝多年不變的習慣，而在性格方面，黃大洲感覺他從當市長開始到現在位居總統，並沒有顯著的改變，黃大洲說：「李總統對於經過詳細分析，確定要走的目標相當執著，有些接近宗教家的熱情。」也許這種做法並不完全符合現階段造勢秀的政治文化，但卻是一個領袖所應有的原則和氣質，黃大洲又說：「學者出身，令他具有前瞻性的眼光。」在執政之際，李登輝總統放眼的是未來局勢發展，他的心思或許在短時期內不易被全民所洞悉，但可以看得見的是，他一直平實穩健、踏實地跨出每一步，走過每一個階段。

黃大洲，民國廿五年二月生，台灣省台南縣人。台大農經系畢業，美國康乃爾大學博士，曾任台大農經系教授、台北市政府顧問兼研考會執行秘書、省政府副秘書長、台大教授兼總務長、台北市政府秘書長等職，現任台北市代理市長。

一部活生生的農經百科全書

——訪余玉賢先生

■唐潤鈿

李總統過去所提出的農業革新建議，影響深遠，到現在依然非常重要。「八萬農業大軍計劃」，是他「加速農村建設」、「如何提高農民所得」政策的延續。面對農經發展，理論與實務並重，他眞可說是一部活生生的農經百科全書。

現任行政院農委會主任委員余玉賢先生，與李總統有師生、部屬之誼，相識相處已逾三十年。我們特別拜訪了余主委，請他談談他們相識的經過及往事。

「學者風範，好學專注，富研究精神，虔誠的基督徒，生活樸實，待人眞誠，不喜歡做表面工作，講求實際，不但是農業經濟專家，且有活字典、活百科全書的稱譽。」

這是余玉賢對李登輝先生整體的印象。

受教並追隨老師做事

在民國四十八年，余玉賢進入省立中興大學農業經濟研究所，受教於李登輝先生。那時李先生任農復會（爲「中國農村復興聯合委員會」的簡稱，也就是現在「行政院農業委員會」的前身）技正，李教授常以專題討論方式授教，對台灣農業經濟的實際問題與發展的理論，作深入分析與研討，使受教的余玉賢獲益匪淺，由崇敬、感恩產生了深厚的師生情誼。

民國五十年余玉賢從研究所畢業，得到獎學金前往美國俄勒岡州立大學研究所深造，一年後應聘回母校農經系擔任講師；兩年後，又獲得美國東西文化中心及農業發展協會獎學金赴美國普渡大學進修，於五十六年六月取得博士學位後回國，仍在中興大學任教，歷任副教授和教授兼農經系主任。那時李登輝先生獲得美國康乃爾大學農經博士學位後，於五十七年返國回農復會任職，六十年擔任農經組組長，兼任台大農經系教授，並兼農復會顧問。在六十一年時，登輝先生跟余玉賢說，農復會有一技正缺額，問他有沒有興趣？

余玉賢喜歡教書，教書是講述理論，但他也喜歡實務，那時農復會是美援機構，有好幾位美國籍的委員，會內同事也都是農業專家，他覺得能追隨老師且與專家們相處的工作環境，更能增進學識與學習機會。所以他接受了農復會技正一職。但當他八月到農復會任職時，登輝先生却已於六月被延攬爲政務委員。不過，由於登輝先生仍任農復會顧問，且顧問辦公室就在他的辦公室隔壁，所以他們仍常有機會見面與討論研究農經問題。

民國六十八年三月農復會改組爲行政院農業發展委員會，余玉賢時任簡任技正兼企劃組長，至同年八月調任嘉義農專校長。在七十年十二月，登輝先生由台北市長出任省政府主席，同時發表任命余玉賢爲農林廳廳長，所以他們由師生、同事，而又變成了長官與部屬的關係。

一部活生生的農經百科全書

登輝先生是農經專家，富研究精神，他是台灣大學第一屆農經系畢業生，後兩度赴美國繼續研究農業經濟，得有博士學位，任職於農復會期間，擬訂許多農經計劃；也爲同事、朋友或學生們解惑，所以大家有了問題都向他請教，他都會即時侃侃而談，爲他們作指引或解決問題。

民國六十一年，他獲得新閣揆蔣經國先生的賞識，以四十九歲青壯的年齡出任了行政院政務委員。此後，凡有關農經方面的政策大都授權登輝先生去處理，於是他有機會協助蔣院長推動農業改革，提出很多重大建議。那時他擬訂加速農村建設重要措施，包括九項革新事項，如廢除肥料換穀制，廢除田賦附徵教育捐、放寬農貸條件、改革農業運銷、成立各種農業生產專業區、設立農業專家預算、設置農村工業區等。後於六十一年九月廿七日由蔣院長宣佈該九項農業重要措施，因而由計劃而付諸實行，這是農業政策上很大的突破。

余玉賢說，李總統過去所提出的農業革新建議，影響深遠，到現在依然非常重要。但李登輝的思想新穎，配合世界潮流，不斷地作着新的指示，例如今後要加强在科技方面發展農業，以提高品質，降低成本等等。在李總統心目中，無論工業如何進步，農業依然要追求平衡發展。

在民國七十年十二月內閣改組，登輝先生出任台灣省主席。他在省府主政期間，曾大力推動「八萬農業大軍計劃」，這也是於他在行政院政務委員時所提的「加速農村建設」、「如何提高農民所得」等階段性、連貫而不變的政策的延續。

由此可見登輝先生對農經發展的理論與實務並重，他的農業經濟知識的造詣是如何的廣博與深遠。余玉賢說：他眞可說是一部活生生的農經百科全書。

好學專注，平實念舊

登輝先生的好學，在校時就已表露，他就讀台大農經系時，系圖書館的書，他幾乎全部翻閱過，他都可以知道某書放在某書架的位置，他不僅閱讀農經方面的書，對於哲學、歷史、思想及文藝方面的書也都涉獵。

余玉賢更舉出了有關李登輝對小事的專注與決心。那是登輝先生在美國康乃爾大學時，他已完成了博士論文，在等候口試之前，他興致很好，想打好高爾夫球，高球是很有哲學意味的運動，於是他看書研究，如何動作、揮桿，且一直練到汗水滴落到地上，他爲了做好一件事，連這樣的一個球類運動，都那麼地付出心力，因爲他總是想要做到十全十美，追求卓越，其他的大事更是可想而知的。他高爾夫球打得好，不是偶然的，也不是天才，而是由於下過功夫，是他好學、細心與決心的結果。

當余玉賢任農林廳長時，他常有機會陪時任省主席的登輝先生下鄉。有一次他們在一個淳樸的鄉村却看到許多不雅的色情海報，省主席感慨地說，這兒的鄉鎮長與警政人員難道都沒有看到嗎？爲什麼不取締呢？於是他馬上爲此事找當地有關人員。這是他細心、認眞，說到就做的一例。

此外，李主席也常常爲了要查某種資料，或需要了解某件事，即使不在上班時間，余玉賢有時也會接到省主席打來的電話，因爲登輝先生也想到就做，而且有時也要求屬下迅速完成某件工作，或即時解決一個問題。他是一位脚踏實地立即行動而不是空談理論的人。

李主席平常生活簡樸，他喜歡眞實自然，他有一次應邀在台大演講，也就以此爲題，他不愛虛僞做作，不做表面工作，着重實際。跟他相處久了就會有這個感受。余玉賢又說，他任農林廳長時，有一次隨著省主席一起到彰化，去看以前曾受農復會輔導過的酪農。那是登輝先生任農復會技正時受農復會輔導的農家，技正是中級公務員，而他在高升爲省主席時，仍然念舊，以老朋友的身份去探望，酪農也親切地以「李技正」來稱呼，登輝先生也流露出眞實自然的欣喜笑容。

至於念舊之情，李登輝在貴爲一國最高元首之後，仍然保有他親切本性。例如去年，他邀約了昔日農復會老同事到他家裡賞花，因爲登輝先生過生日，各界送他很多花作爲祝壽之禮，他覺得花擺在家中，眞有孤芳自賞的惋歎，因而決定邀請老朋友來同享共賞，也順便與老朋友聚聚談談。他在日理萬機之餘，還能珍惜舊友情誼，眞是難能可貴。

余玉賢說，他就是這樣一位平實念舊，令人可親可愛，一如昔日老友，不是一位高高在上，可望而不可及的國家最高元首。

近來他全心全意的爲國事而勞累，暫時的放棄了他的嗜好——心愛的高爾夫球，這是爲了因應現況而有所改變，他首先犧牲自己的休閒活動，作了犧牲享受！

不過，他有他堅持的一面，例如他做事做學問的方法一直未變，他的決心信心，認爲對的善的，他一定會堅持到底。他愛民如己的無私胸襟，凡事講求效率，嚴謹細心的科學辦事精神，都令人敬佩，值得我們學習。

余玉賢，民國二十三年十月生，新竹縣人。中興大學農經研究所畢業，美國普渡大學農學博士。曾任中興大學農經系教授兼系主任、農復會技正、農發會技正兼組長、嘉義農專校長、省農林廳長等職。現任行政院農委會主任委員。

輯三　突破難關

考驗自己，突破難關

訪李振光先生

荻宜

颱風之夜，登輝先生知道有災民困在水中，他不管狂風驟雨、不辭更深夜黑，硬是十萬火急趕去。

受困的民眾赫然發現首長乘風冒雨而來，心情一寬，焦慮大減。

「他是個精力過人的長官，在座車上從不休息，譬如從中興新村回台北開會，車行高速公路，路面平穩，車上又有冷氣，年輕如我都忍不住打瞌睡，登輝先生卻不停地注視窗外，那裡路段不好，或發現有任何問題等，他都要我一一記下，打電話回中興新村，要有關單位立即改善。」

這段話，是登輝先生在台北市長、省主席任內的貼身侍衛李振光說的。

民國六十七年，登輝先生就任台北市長不久，聽說交通大隊有位李振光分隊長，在工作上表現優異，就把這位剛而立之年的青年召至市府面談，登輝先生問他：「台北市的交通有沒有救？」

李振光恭敬答道：「只要有心就可以做好。」

這位李振光警官，的確是個有心人，他看到交通混亂，交警有限，就想藉傳播媒體助交通一臂之力，他寫信給警察電台，提出一個構想，要他們在節目中插播「交通快報」，如此可提供駕駛人最便捷資訊，免得交通阻塞或事故時雪上加霜，導致駕駛人進退維谷，交通更形惡化。

警察電台覺得這個構想很好，自六十七年即開闢這項服務，妙的是，他們發現提供這構想的李振光，有一副播音員的好嗓子，於是商請李振光擔任播報人，特地拉了一條專線到勤務台，執勤中的李振光，便把各區傳來的路況，藉著麥克風送出去，對流暢交通有很大幫助。

不久，這位有功於北市交通的李振光，就被李市長徵召，市長需要一個貼身侍衛，負責安全及機要事宜，當時登輝先生不說：「你來替我服務。」而是誠懇告訴他：「你來，跟著我學習。」

「跟著我學習」，充滿了親切、鼓勵，具備了積極的意義，學習使人精進，抱學習的心境，工作才不以爲苦，且充滿開創性。簡單幾個字，實饒富深意，比「你來替我服務」高明太多了。

當時李振光學經歷如下：警校畢業↓擔任北市交警↓交警生涯中完成中國市政專校市政管理課程↓中央警官學校畢業↓任北市交通大隊分隊長。

罰單輸入電腦，特權望單興嘆

李振光成了李市長唯一貼身侍衛後，有一天，登輝先生問他：「交通警察有什麼困難？」

十年交警生涯，李振光知之甚詳，於是據實以告：「交警開罰單，難免有人利用特權，罰與不罰都不對，讓交警很爲難。」

李市長指示研究一套辦法，看如何把交警權威樹立起來，罰單一旦開出，便要嚴格執行，不容特權干預。

在市府「研究發展管制考核委員會」執行秘書黃大洲和李振光的磋商下，有了具體方法：交警開出罰單後，把罰單資料輸入電腦，然後以罰款的收據銷號。這一妙招，特權望單興嘆，交警的權威也樹立起來。

電腦處理罰單之後，北市交通罰款收入激增，由原先每月平均約三千五百萬，增至次月的四千八百萬元，乃至第三月的五千七百餘萬。登輝先生進一步要求監理單位配合，罰單不繳，加重處罰，不准檢驗，如此一來，違規者再不敢存僥倖之心了。

市長座車違規，罰司機！

就在登輝先生大力整頓台北市交通之際，市長的座車違規停車，新聞記者拍下照片，刊在報紙上。登輝先生看到報導，立即通知警察開罰單，司機先生只好自掏腰包，乖乖去把罰款繳了。登輝先生認爲錯在司機，要司機自行負責，司機心疼飛出去的鈔票，以後開車自然格外小心，免得再蹈覆轍。

李振光說：「登輝先生要求別人守法，更嚴格要求自己，連最貼身的屬下，最親的家人也不例外。」

有天清早，市長的座車緩緩開出，媳婦張月雲招招手，車停下，李振光下車，張月雲交給他一個信封，說：「這件事痲煩你。」

李振光回車上，登輝先生立刻問：「什麼事？」李振光抽出一看，明瞭了，他說：「是交通罰單。」

登輝先生臉一凝，說：「給我看看。」接信在手，他抽出一看，果然是張罰單，再看信封內，有三百元新台幣。看到三百元，登輝先生才放心了。

有罰必繳，誰也沒有特權。

怎麼我出來都看到警察？

由於台北人多車多，交通實在太擁擠，而市長公務繁忙，常需外出，有時候爲了趕重要會議或接待賓客，時間來不及，李振光基於實際需要，便通知警方，管制交通，以利市長座車暢行，後來登輝先生發覺了，他問李振光：「怎麼我出來都看到警察？」

知道眞相後，登輝先生嚴肅告訴他這位貼身侍衛：「以後不必通知，太勞師動衆，也看不到眞相。」

後來他出任台灣省主席，有一組安全人員在他身旁執行勤務，護衛他安全，他一度打算將安全人員撤除，不想讓安全人員隔離他與民衆接近。安全人員無法，只好據實向他報告：「我們不是保護您個人，我們是護衛台灣省主席。」

「勞師動衆」，最不爲登輝先生所喜，一羣人浩浩蕩蕩出巡，能看出多少眞相？他寧可悄然察看，收獲還來得大些。

爲紓解台北市交通，於是有了南北高架橋的興建，李振光印象很深刻，登輝先生公務之餘，特別找來有關工程的書籍來看。施工期間，他常利用下班時間，不通知工務局便「微服出巡」。當橋面完成後，他的座車直接開上橋，先做一番巡禮，車走著，一陣陣劇烈顚動，他叫司機停車，仔細察看。他看工程很細心，一般人都看大地方，他卻把重點放在小地方，他特別注意接縫部份。在日本，車子過橋，平穩舒適，車子不會突然跳動一下，問題一定出在接縫部份。他不是學工程的，卻點出破綻，要求施工單位改進。

走路迅疾如風，隨從要半跑

一市之長，每天有處理不完的事，忙碌得不得了，登輝先生却恪遵今日事今日畢的原則：每天公文一定要看完，這公文還不一定在辦公室看，它往往也成了登輝先生下班後的重要功課，而且還要找時間看書。

他英日文能力甚佳，有不少外文書籍，中文書更不少，遇到公務需要了解的，他還會購相關書籍翻閱，因此書的數量龐大，從台北市搬到中興新村，利用九人座旅行車搬書，就搬了好幾車。

通常，登輝先生閱罷公文或看過書才就寢，熄燈時間最早十一點，最晚凌晨一、二點，但不管何時休息，他必然天明即起，在自家院子散散步、做做體操。

雖然睡眠時間如此短暫，他也從不在車上休息，這樣的好精神好體力，連當時才卅出頭，身體精壯的李振光也自歎弗如，他說：「登輝先生的身體比年輕人還要好。」

面對如此精神奕奕的長官，忠於職守的李振光，睡眠時間自然有限，他比首長晚睡，比首長早起，不過登輝先生開會時間，成了李振光養精蓄銳的好時機，而登輝先生往往一早起來，直忙至深夜。歸結起來，正當盛年，生龍活虎的李振光也不得也說一聲：「我的精神體力還不如他！」

身高一八〇公分的登輝先生，走路迅疾如風，李振光說，隨從人員還必須半跑才跟得上。

不給記者新聞，等於不給自己飯吃

關於登輝先生過人的精力，李振光印象深刻，最明顯的例子是，每當市府員工一個個打道回府，登輝先生還留在辦公室，神采奕奕與新聞記者談笑風生，因爲唯有這時刻他才有空接待記者，而他一向對記者十分重視，也與記者建立了融洽的情感。

跑市政新聞的記者都是登輝先生的好朋友，於私，登輝先生人緣本就極好，他幽默風趣，又不擺官架子，記者最喜歡與他閒聊；於公，他認爲宣導太重要了，政府到底爲老百姓做什麼？老百姓需要政府做什麼？記者是極好的溝通橋樑。

因此，記者來了，他誠懇接待，與記者談天談地，或把自己的構想告訴記者。這一段下班後的「記者時間」往往成了最感性時段，時間有相當彈性，可長可短，如雙方都極悠閒，就成了好友淸談，可從下班一直談至六、七點鐘，這樣的閒情逸致令雙方都覺愉快，精力過人如他，毫無疲態，從容應對。

登輝先生常告訴李振光：「不給記者新聞，等於不給自己飯吃。」因此：「新聞記者來了，不要讓他空手而返。」

記者既有心來挖新聞，那麼，給他最翔實的新聞，同時藉記者的生花妙筆，表達完整意見，記者既有新聞可供刋佈，又與首長細談過，自然是一篇可信度高，又有高價值的報導，這對市政的推動、宣導，無疑有其正面的作用和價值；否則，記者在無新聞資料又不得不發稿情況下，難免「捕風捉影」、「過份渲染」、「以偏概全」，甚而「顚倒黑白」

，就不太妙了。

禮拜六下午，你跟來做什麼？

儘管登輝先生極少有私人時間，却很體諒屬下，不肯他們太勞累。

李振光到市政府第一個禮拜六下午，登輝先生穿好球衣，偕曾文惠女士去打球，李振光依例上了車，坐前座，登輝先生發話了：「今天禮拜六。」李振光以爲問他：今天是不是禮拜六？遂答：「是，禮拜六。」登輝先生說：「禮拜六下午你還跟來做什麼？」接著命令他：「你下車，休息。」

李振光不願怠忽職守，他的工作就是全天候保護首長安全。於是他婉轉道：「高爾夫球場沒去過，我想去看看。」

有多次，登輝先生實不忍侍衞如此辛苦，他勒令李振光休假，「强迫」他回家享天倫之樂。

除夕夜，市長公館準備了豐富的晚餐，登輝先生跟李振光說：「你就一個人吃飯？太太不吃嗎？叫太太一起來，一起來吃飯。」

夫人曾文惠女士很愛護他小倆口，常買些禮物表達謝意，譬如送李振光錄音機、筆之類的實用禮物，送李振光妻子一些女人用的裝飾品、好吃食物等等。

李氏伉儷待人誠懇、親切；視部下如親人、朋友，令李振光小倆口感覺溫馨。

記性好得簡直可怕！

登輝先生處事有一套規則，除今日事今日畢以外，他還為明日之事預做準備。譬如每次開會，他要求各單位前一天將資料送來，他閱讀罷，有不清楚的，立即找學有專長的請教，如開交通督導會報前，他一有疑問，便與熟諳交通的李振光細談，至於其他會議，他也都一一研究，因此，每當開會，他已成竹在胸，與會者提出問題，他應對之方已然出爐。剛開始的確令在座大吃一驚，在以後的省主席任內，各廳處長領教他的精明，不敢掉以輕心。

「官員很怕他，」李振光說：「有的與會者還沒進入狀況，他却已全盤了解，有了方向，這樣的長官，當然令某些官員害怕。」

他另有一過人之處，即是記性奇佳。李振光說：「他到省政府不到一個禮拜，各單位主管的名字都叫得出來。」亞哥花園董事長曾赴省政府拜會，下一次在某公家和民營團體的聚會中，登輝先生見面便直呼莊董。李振光說：「各單位主管就有一百多人，也不知他怎麼記的？記性好得簡直可怕！」

議員火力强，李主席如期列席

民國七十一年底，是登輝先生任台北市長心情最深黯的時刻，獨子李憲文鼻癌病危，他忙著省政工作，下了班必探視兒子，未久李憲文撒手塵寰，登輝先生轉任省主席，省議會正好質詢，議員的强大火力，展開一波接一波猛烈抨擊，官員沒有不視之畏途的，如果可能，避之大吉。當時大家以爲，登輝先生大慟之際，必然心情消沉，請假避開鋒頭。不料，登輝先生却如期列席，接受質詢，倍使議員感動又敬佩。

李振光說，那段時間，登輝先生多次紅著眼眶，那是別人看不到的；人前，他强忍悲痛，表現堅强，一切以公務爲重。他坦然面對質詢，無畏無懼。

越是困難的事，越是考驗自己

在省政府，李振光的職稱是「秘書處專員」。李主席常勉勵李專員，他說：「越是困難的事，越是考驗自己的機會。」

登輝先生勉勵部屬，也現身說法，處理「二重疏洪道」的擔當和決心，給以上這句話做了最佳詮釋。

「二重疏洪道」爲預防台北市的水患而開鑿。爲此，在台北縣挖了條溝渠，以備引水入溝。動工之初，當地居民羣起抗議，有的又叫又罵，有的棍棒在手，喧嘩嘩、鬧嚷嚷，場面難以控制。登輝先生決定親自出馬，開誠佈公與民衆懇談，以示政府決心。當時安全人員與相關部屬，顧慮首長安全，不贊成他出面，因民衆太激動，場面亦太混亂，萬一有個意外，後果不堪。登輝先生却堅持要會鄉親父老，他排除萬難，站在情緒沸騰的民衆面前，堅定告訴大家，爲台北縣、市居民安全，疏洪道非做不可。他以愛爲出發點，坦然面對羣衆，表現擔當和決心，毫不妥協，民衆終於放棄私心，「二重疏洪道」工程得以進行。他果然在困難的事務上，考驗自己，突破難關。

狂風驟雨，冒雨乘風出巡

台北市長任內，外雙溪水難：自來水廠水閘循例打開，淹死了數名走避不及的學生。他在沉痛中，冷靜處理一切事誼，李振光回憶：「他整個晚上沒睡，一夜忙到天亮。」

豐原高中禮堂倒塌，身爲省主席的他，正在美國，原本半年前就接受某團體邀請，作一場農經演講，驚聞噩耗，他丟下講稿，匆匆返國。如此兩次嚴重的學生意外，竟讓他撞上了，他哀痛、沮喪，面臨學生的不幸，心中更是徬徨無依。李振光說他最常說的一句話就是：「以基督的愛爲出發，把人民當自己的子女。」

颱風之夜，幾乎所有人都躲在家中，風在外面、雨在外面，只要屋子堅固，門窗牢靠，不淹水，大可高枕無憂。登輝先生却囑咐李振光，打電話查詢災情，知道有災民泡在水中，他不管狂風驟雨，不辭更深夜黑，硬是十萬火急趕去，受困於水的民衆赫然發現首長乘風冒雨而來，心情一寬、焦慮大減。陪侍一旁的李振光，忍不住感動，追隨如此慈愛悲憫，一心爲民的長官，何其有幸！

一拉提琴，一彈鋼琴，此曲只應天上有

平靜無事的日子裡，登輝先生偕夫人，以打高爾夫球保養身體，以做禮拜寄託心靈，公務操心，但夫人嫻靜體貼，每天早晨，她必陪男主人用餐，有時也親手做羹湯，替他補

身，並送他上座車。下班，他打道回府，她必院子迎迓。男主人進門頭件事，抱起孫女巧巧，祖孫俱歡。

伉儷情深，他們攜手看花藝，欣賞音樂、藝術，身為農經博士，有很高的藝術涵養，台北市藝術季就是登輝先生首創的。

偶有閒情逸致，夫妻倆各展絕藝、鸞鳳和鳴。男主人拉小提琴，女主人彈鋼琴，畫面美得教人打心底歡喜，李振光靜靜聆賞，深深感動，詩情畫意全湧上來，不正是：「此曲只應天上有，人間哪得幾回聞！」

可惜這樣的詩情畫意並不多，登輝先生實在太忙了。

國家社會的進步，絕對需民衆支持

福建平潭籍，民國三十七年生的李振光，追隨登輝先生四年餘，受其思想言行影響，所得豐實，受惠無窮，在交通方面，建樹亦多。

省政府擔任一年專員後，登輝先生派他整頓台中市交通，他先後任台中市交通隊長，赴美北佛羅里達大學交通研究所進修，後任高雄市交通大隊副大隊長，以迄目前的台北市交通大隊副大隊長。

受登輝先生愛心啓發，他不斷運用思想，推展公務。台北市交通警察才七百餘人，如此不足警力，如何暢行密如蛛網的交通？他苦思之下，有了良策。遠在民國六十七年他把台北市熱心的計程車司機組織起來，編成「優良駕駛服務隊」，集中訓練，發展迄今，有了兩千餘名的「綠十字服務隊」、「交通義警」、「交通服務大隊」，他們不支薪酬，交通尖鋒時段，把車停在路邊，指揮交通。他驚喜發現，無薪無酬的工作，竟獲熱烈支持、響應，可見善心熱心人士，不在少數。警力哪裡不足，「綠十字」都是好夥伴！而所有計程車司機和民眾，都是交警的好助手，他們全天候提供新的「交通快報」！

登輝先生初任台北市長，曾詢李振光：「台北市的交通有沒有救？」

今天，相信龐大的台北市民，心裡都有同樣一個問題：「台北市交通有沒有救？」

「交通工程很重要，但駛駕人的觀念更重要。」果眞強將手下無弱兵，這位親炙登輝先生仁愛風範，並深受教誨、影響的壯年警官，語重心長道：「國家社會的進步，除了行政單位的努力，絕對需要民眾支持。」

李振光，民國卅七年五月生，福建平潭人。警察學校、中國市政專校、中央警官學校畢業，美國北佛羅里達大學交通研究所結業。曾任台北市交通警員、公路警察局副隊長、高雄市警察局副大隊長，台北市警察局交通大隊編審等職，現任台北市警察局交通大隊副大隊長。

自信心與意志力

訪江清馦先生

■梵　竹

三天清除海報期限到了之後，
發現還有部分縣市鄉鎮未做到，
李主席很堅定的指示，
務必要清除乾淨，
因此各縣市在很短的期間都清除完畢，
第二天考查時，
已看不到競選海報了。

構思完整的「省政建設體系」

李登輝先生於民國七十年十二月，接任臺灣省省主席後，江清馦先生調任爲省政府研究發展考核委員會（簡稱研考會），擔任執行秘書。研考會是一個委員會的組織，劉兆田先生是當時的秘書長，根據組織規程，秘書長兼主任委員，專設執行秘書一人，來負責臺灣省所有的研究發展及考核的工作，也因此，執行秘書有機會與省主席在公務上頻繁往來。兩年半共處的時間，使江清馦先生對李主席這位直屬長官有了深切的認識與了解。

江清謙面容肅靜的說，李主席上任後，便有完整的省政建設目標與構想。目標是建設台灣省成爲三民主義模範省，根據這個目標，李主席再提出他的省政建設構想，由研考會予以整理成「省政建設目標體系」。再由省府各廳處、局、會依照目標體系中的子目標擬訂中程計畫，根據中程計畫的分年計畫編列年度預算，付諸執行，使計畫與預算結合。至年度結束進行考核。計畫、執行、考核三項工作環環相扣，落實省政建設成果。

在省政府的建設目標和中長程計劃訂出來後，李主席也要求縣市鄉鎮根據省政建設目標與本身的地理環境以及自然條件，擬訂縣市的建設目標、鄉鎮的建設目標，使省與縣市、鄉鎮的建設能夠連貫在一起，如此一來，整個臺灣省的各項建設便能整體的運作，更能發揮省政建設的效果。

「點」「線」「歷史軌跡」

江清馦談到追隨李主席的那段時期，是他工作情況最愉快也是受益良多的一段歲月。

江清馦認爲李總統是一位具有歷史使命感的人，這怎麼說呢？記憶深遠處，浮現了李主席約見他的情境。是一個週末吧！在主席辦公室，商議公事之餘，他深刻記得李主席說過這樣一段話：

「每一位主席在其職位上，就是一個點，如此一任一任的主席，也就分別是一個一個的點，這些個別點，一個接著一個串連起來，便成一直線，這就是歷史的軌跡。」

李主席又說：「在省主席任內，我決定要將這個點的範圍擴大。」

江清馦解釋道，點的範圍擴大，就是李主席希望能在省府任內，多做一些對國家對社會民衆有益的事情。

也從李主席這兒，他學習到一個公務員無論職位大小，都應該在自己的工作崗位上，竭盡所能的發揮自己的專長和工作能力。

李總統是一位富於哲學思辨的人。江清謙說，李主席曾經受過日本教育，在臺大唸書，又在美國修完農經博士學位，是一位學貫中西的飽學之士。在省府兩年多的共事，使他深深感覺到李主席做事非常有條理，是用邏輯的觀念來做事的人。

江清馦引用一個小故事來證明李主席是一位深具智慧的人。

有一次，省議會開會時，李主席接受質詢。

省議員洪振宗先生質詢主席，提到今天的臺灣，因爲人口多、工廠多以及建築業的快速成長，弄得土地光禿禿的一片，希望主席能提出一個具體的施政方針，留給下一代子孫一片美好的空間。

李主席當場就肯定的回答說：「那麼今年就定爲綠化年，全面推動綠化的工作。」

江清馦指出，李主席在議事堂上的靈活應變，能立即提出綠化運動的構想是十分令人敬佩的。從此，北部到南部，中央政府至地方政府，並且結合民間企業的參與，是一項全國響應的重要運動。

江清馦談到李總統更是一位充滿自信心與堅強意志力的人，他細細舉例說明：

不但是政府單位，就是一般老百姓也都最感頭痛的事情，莫過於每次選舉過後，大街小巷的選舉海報，依然五顏六色的張貼著。在那一年選舉過後，李主席決心要在三天之內將海報清除乾淨。

爲此，李主席召見研考會執行秘書來做追踪查核，務必要在三天內督促完成海報清除工作。

江清馦回憶說，他立即與省府副秘書長黃大洲先生商議，初步擬定一個考核的計劃，決定每一個縣市選出三個鄉鎮做爲查核對象。其中除各縣市政府所在地的市鎮外，以臨時抽籤方式來決定，至於中籤的鄉鎮，也只查主要的三條大馬路、火車站和公共場所等地，海報清查的主要目標也都集中在圍牆、電桿上，並未刁難式的從細微處著手，完全從大目標來清查。

三天清除海報期限到了之後，發現還有部份縣市鄉鎮未做到，李主席很堅定的指示，務必要清除乾淨，因此各縣市在很短的期間都清除完後，在第二天考查時，已看不到競選海報了。可見李主席做每一件事情都具有堅定的意志力貫徹到底。

爲部屬扛起責任

江清馦說，從清除海報這件事來說，可看出李主席施政的意志力堅強。同時，李主席也是最能把握施政重點和肯肩負重任的人。

江清馦再舉幾個例子來證明。

其一，記得第一次依李主席的指示，擬定「省政建設目標體系」以及「省政建設中長程計劃」作業要點時，當草案提出後，立即組成一個專案小組來審查，由於這是一個創新的計劃，因此各種意見也就非常紛紜，在審查期間，某報刊出這樣一句話：

「研考會執行秘書江郎才盡……。」

江清馦說，那顯然地是針對他而來，因爲他姓江嘛。

第二天李主席打電話過來，請江清馦去主席辦公室一趟。

主席說：「想找個時間與研考會的同仁們談談聊聊。」

江清馦建議：「報告主席，是否課長以上的人都請來？」

主席答：「好！」

在江清馦的安排下，研考會的同事們和李主席齊聚一堂，這不是會議，只是極平常的長官與部屬之間融洽的談笑與關懷，言談中，李主席不斷給研考會鼓勵與打氣。

最後，李主席終於說出主題來：「你們研考會可別洩氣啊！不要因爲報紙上刊登什麼『江郎才盡』那種話，就整個士氣給低落下去呀！」

李主席特別對江清馦說：「外界也許不了解我們整個創新的工作計劃，若有什麼好的構想，訂出計劃來，我全力支持你們，盡量去做，一切由我來負責。」

其二，江清馦再談清除海報考核那件專案，當時苗栗縣在限期已到時尚未清除乾淨，這時苗栗縣政府的一位主管打電話來抗議，要考核小組去查臺北縣某個偏僻小社區，是否清除海報了？

因爲考核小組是依據隨機抽樣來進行查核的，故未理會苗栗縣政府主管的抗議。該主管惱怒的聲稱，一定要親自見主席，爲此事爭個道理。

江清馦說，李主席就這樣替部屬承擔起來，主席認爲苗栗的大街道怎能與臺北縣的某偏僻小鄉來比擬呢？那是不合情理的，因此，完全不怪罪查核人員。

其三，談到海報清除查核完畢，便牽涉到工作不力的縣市長將受到申誡的處分，這時候有人在會議中提議，對縣市長應多加鼓勵，減少處分。但是李主席說：「本案研考會訂定考核辦法，並以科學的方法考核，公平合理，對於工作不力的單位應予懲處，才是賞罰分明」，於是照研考會所擬意見通過。

江清馦認爲這件事，便可看出李主席是一位做事把握大方針的人，只要部屬們努力工作，主席是極願意爲部屬扛下重任，他說，以研考會執行秘書這職位來說，在省府不是很高的職位，若不是有主席鼎力支持，許多事情將受到阻礙，無法順利完成。

球場上謙謙君子風範

談到李總統喜愛戶外運動，江清馦便想到總統平易近人的一面。他說李登輝總統在副總統任內，他曾去總統府拜訪。李副總統特別詢問他，最近有無打球呢？哪天有空，我們一起去打球！江清馦心想，副總統協助總統日理萬機，那敢約了去打球呢！但也從這裡，使他深感李總統平易近人的一面，是一位不擺官架的好長官。

提到打高爾夫球，江清馦親眼目睹了李主席在球場上的風度。江清馦感佩的說，李主席打球是非常認眞的，打球前他一定先認眞的觀察，譬如察看草紋，是逆草還是順草？菓嶺的坡度是多少？球洞的距離與方位等等都事先把握好，才決定揮桿。

從李主席打球的認眞可以看出他做事的情況，江清馦這樣說。

猶記得省府有個員工高爾夫場，地點在中興新村，當時的場地較小，只有七個球洞，每逢週末假日，打球的人也就特別多，人多球洞少，往往打完一洞時，就必須等其他那組打完，才能打下一洞，於是一組一組打，一組一組排隊等球洞，這是當時打球的情形。

有時候李主席也來打球，同事們尊敬他，所以主席打到那裡，便有人要讓主席先打。李主席總是很客氣的說：「打球人多，要等球洞，也是應該的。」

同事一再禮讓李主席。

李主席頻頻搖頭，說：「不要，不要，今日來打球，與大家同仁一樣，我不能擁有這樣的特權，我若一個洞一個洞的都先打，那麼，別人就得一個洞一個洞的排在後頭等。」

就這樣，李主席是無論如何也不肯享有優先的特權，主席認爲在運動場上，長官與部屬都該平等才是，運動嘛，就大家都輕輕鬆鬆的，所以，與李主席一塊兒打球是不會有長官在場的壓迫感。江清馦如是說。

李主席即使在球場上也保持謙謙君子風範，同時也是一位心思縝密的人，江清馦再舉一例，記得有一次，李主席與涂阿玉一塊打球，看到涂阿玉在打球時，會順手將別人留在如茵碧草上的煙蒂和紙屑等一一撿起。主席感觸良深，便說：

「我們推動清潔運動、綠化運動，就該人人都有涂阿玉這種精神，愛打球的人就該保持球場的清潔，愛整個社會國家，就要維持大環境的清潔整齊。」

江清馦談到這裡，他記得李主席當時是很讚賞涂阿玉順手撿垃圾的精神，也從這裡可以看出李主席對周圍的事是十分細心的，他認爲李主席做事，經常都是從小地方來啓發思想，從而轉變爲施政的構想，從點而面擴張，顧慮周全。

江清馦很感動的說，這是他曾經與李主席作伴打球時所見所聞，對李主席的做人處世，深感敬佩。

江清馦，民國卅一年十二月生，嘉義縣人。中興大學行政系、政治大學公共行政研究所畢業。曾任台灣省政府

研考會執行秘書、省政府交通處副處長，現任台汽公司董事長。

具有前瞻性眼光的實踐者

訪余玉堂先生

周梅春

任誰也想不到，
一件被視爲艱鉅難行的工程，就在短短九天內一氣呵成，
不僅墾民同意合作，不再濫墾，
從勘察地境線到提前完成造林整地的工作，
其間無一人遭受人爲的傷害。
這樣輝煌的成績，讓所有參與者都覺得
自己好像打了一場漂亮的勝仗。

座落在鳳山市街高雄縣警察局大門前的石磚道，既清淨又寬闊，沒有隨意停放的車輛以及任意堆置的貨架；大門前守衛的警員精神奕奕地環視週遭。這裏，擔負著整個高雄縣民生命財產安危保障的重責大任，坐鎮指揮的是余玉堂先生，他是一個相當儒雅又充滿睿智的警察局長。

懸掛勵志小語字畫的辦公室，是由淺米咖啡兩種顏色架構而成。在靜謐的氣氛中，余局長慢慢道出這一生中最值得回憶的往事：追隨李主席李登輝先生拯救德基水庫的歷程。

擬定搶救計劃，推動艱鉅任務

德基水庫位於大甲溪發源地，經由石岡壩將源源不絕的自來水供應台中縣市無數人口與經濟成長的需求，是中部地區非常重要的建設。然而，由於德基水庫集水區內原定一年內收回超限利用地，不符合保留至七十八年果樹衰退期標準的國有林班地，以及國有林班逾期未申報非法濫墾地和山坡保留地禁止開發區非法使用地等合計七十四餘公頃。土地管理機關從民國五十九年起，就十分重視這個問題，數度要剷除地上物，以便造林做好水資源的保育工作，否則任由濫墾的結果，將造成水土流失，泥沙淤積，嚴重影響水庫的蓄水功能。然而，由於果農一再推託請願，不肯合作，致使收回工作無法順利進行。

年復一年，上游集水區已經發生嚴重損害，再不著手挽救德基水庫，不僅水庫將喪失調蓄水源的功能，整個大台中地區無數民衆飲用水的權益也將受到損害。

當時擔任省主席的李登輝先生，鑑於德基水庫水土保持之重要，已到刻不容緩的地步，遂報請中央，並擬定一份完整計劃，交由各所屬有關單位分批進行，決定將這件歷經多任主席未能推動完成艱鉅難行的任務，限於七十三年元月中旬完成土地回收，並於四月之前完成造林植樹等工作。

「說實在，從民國五十九年就已著手進行的工作，經過十三年猶未能理出一個眉目，登輝先生却決定在短期限內完成，我們除了全力以赴，很多人都不敢抱持太樂觀。」當時任職台中縣警察局副局長的余玉堂先生以極平緩的口吻述說事情的經過。「我們要面對的不只是人員技術調配等問題，最大的阻力在墾農百般阻撓。梨山原本是提供給榮民和原住民開墾使用，這些墾民經過多年經營，賺了錢或年歲已大，便轉手讓租，到後來墾民大半是轉手承租的果農商人，昧於私利，不顧合約期限與規定一味濫伐濫墾，對工作單位揚言縱火燒山、炸毀水庫、你砍樹我砍人……等等，流言四起，造成工作人員很大的壓力。負責保護工作人員生命安全的重責大任遂成爲警政機關最大職責。」

踏遍梨山一片冰寒

居住在家中享有充沛水源的民衆，並不知道事情嚴重到什麼地步，爲政者却不能讓民衆喝不到水時才急跳脚的從事改善。登輝先生這項具有前瞻性的計劃，得到所屬各單位全力配合與積極進行。省府農林廳所屬林務局規劃出幾個工作重點與準備工作。

一、建立編冊資料，辦理公告及個別通知。

二、配合疏導、訪問及宣導。

三、籌劃剷除分區順序，人力編組及訓練。

四、提供剷除、通訊器材、交通車輛、安排食宿等行政支援事宜。

五、負責所有收回土地之後的造林工作。

當年遵照指示，剷除工作應以「速決」爲原則。剷除工作人員計有五中隊二十小隊，又分爲六十個工作班，每班三個人，配合鏈鋸、手鋸、腰刀、鐵鉗等工具，事先都經過實地操作訓練。

剷除計劃正以萬全的準備分批進行，不僅動用林務局所屬有關人員，更動用大批警力協助保護工作人員的安全。由於大家對此次任務具有充分認知與共識，一切進展相當順利。

身歷其境，余局長談到登山踏勘地境線時一付「冬天飲冰水，點滴在心頭」的神情。他說：

「高山頂上的冬季是一片冰寒的世界，林務局、林班的工作人員和我們的基層員警全靠兩條腿探勘，踏遍梨山預計剷除地上物的七十四公頃面積。往往早上天未亮就出門，帶一壺茶水、便當，到達目的地時，由於山上很冷，氣溫很低，經常下雨或飄雪，有時地上都是霜水，泥濘難行，不小心摔跤了，連滾好幾個跟斗，差點摔下萬丈深淵，那情形眞是驚險萬分。

我們一路走，渴了，喝那幾乎凍成冰塊的茶水；餓了，就吃那已經結冰的便當，還要注意脚底下墾民設下的陷阱——爲了阻撓剷除計劃，少數墾民在木板上釘滿尖銳的鐵釘，倒過來，上面覆蓋稻草，萬一不小心踩上去，是會穿洞哪！地境線就是這樣勘查出來的。很辛苦，雖苦，大家都願意忍受。因爲，大家都明白主席的心意，這事再辦不好，台中縣市民飲用水的前景堪慮。」

飲水關係到日常生活種種問題，無論健康、衛生、飲食或是工商業需求，影響所及可說非常之大。在當時，要不是登輝先生具有前瞻性看法與果敢作風，問題累積的結果實在不堪想像。

化解阻力，剷除地上物

籌備期間，余玉賢、徐啟佑、陳溪洲、廖兆祥以及總負責解顯中等各位先生坐鎮指揮，隨時給予各單位加强指示，並且居間協調解決層出不窮的問題；最重要的是登輝先生不時給予適當鼓勵和支持，對工程進度以及遭遇各種困難或狀況，他都瞭如指掌。

由於登輝先生的支持以及各召集人勇於負責的處事態度，將前後六次開會無法解決的救助問題迎刃而解，終於爲疏導工作打開一條管道。

由於政府態度堅決，並且給予墾民相當優厚的補償，終於打動多數墾民的心，有些墾民甚至自動剷除地上物，以減輕工作單位的工作量。治安單位就各種管道獲得的情報顯示，阻力已經大爲減少，但爲了完備的安全工作，仍隨時機動轉移人力，有條不紊地相互支援，以維護工作人員的安全。

當時，台中縣警察局約動員憲警六百餘人，配合農林廳所屬各單位員工所做的安全維護，以及各主要幹道、村莊、交通、巡邏、檢查、警戒……等措施。可以說上下動員，充分發揮強大警力，投入挽救德基水庫的行列。

剷除地上物的工作如期在元月十七日開始動工，漫山遍野都是勤奮工作的技術人員，有些墾民在蘋果樹幹釘入長鐵釘，工作人員的鏈鋸碰到鐵釘，咔嚓一聲整個鏈鋸都斷了。沒關係，備用的工具多得是。這些小動作阻撓不了政府的決心。剷除工作經過短短二天的時間，終於在十八日提前完成。

正當大家沉浸在完成初期工作的喜悅氣氛中，旋又接到登輝先生下達造林整地的命令，並且限定在十天內完成。

這場雨來得正是時候

彷彿上天也要來共襄盛舉，十八日夜晚梨山下了一場大雨，雨水滋潤田土，正是造林整地的好時機。林務局所有員工全高興得跳起來，大聲歡呼。這場雨來得正是時候。

林務局立刻徵集各林區優秀造林員工二百七十餘人，全面展開造林。從元月十九日開始，僅一個禮拜時間，總共完成七十餘公頃整地造林的工作。

任誰也想不到，一件被視爲艱鉅難行的工程就在短短九天內一氣呵成，不僅墾民同意配合，接受補償，不再濫墾；從勘查地境線到提前完成造林整地的工作，其間無一人遭受人爲的傷害。這樣輝煌的成績，讓所有參與者都覺得自己好像打了一場漂亮的勝仗。

「從這件事可以印證登輝先生是個優秀的決策者與執行者。他不僅專精農漁業，早在民國六十四年，經國先生請他擔任政務委員時，登輝先生就對整個台灣的資源維護擬定一個完整的計劃。」

台灣是寶島，氣候宜人，資源豐富，生活在島上的我們可以說得天獨厚。然而，如果不懂維護愛惜，任意糟蹋資源的結果，會是什麼？

近來環保意識覺醒，尤其今年的地球日，台灣正式加入慶祝的行列。早在六十四年，登輝先生就已談到這個問題，明確指出環境保護的重要性，其前瞻性的眼光，證諸德基水庫的挽救工作，不難了解爲何要劍及履及的投下大量心力來完成這項工作。

工作圓滿達成，當時的行政院長孫運璿先生立即對有關單位頒發獎狀予以獎勵；主席登輝先生則在中興新村的大禮堂對有功人員頒發獎狀予以獎勵。

「記得當年我也有幸上台領獎，從登輝先生手中接過獎狀。頒獎後有功人員與登輝先生合照。我記得，那個時候，我只是一個小小的副局長。」余局長以極謙冲的口吻說道：「我正好站在登輝先生左側，不敢靠得太近，想不到先生竟然伸出左手拍拍我說：站過來一點啊，那麼親切又那麼和藹的聲音，剎時令我感動莫名……」

透過玻璃鏡片，感動的眸光從七十三年閃動到今天。身負全高雄縣民生命財產安危的鐵漢竟也溢出淚光。可以想見登輝先生以誠待人的領導作風，形成一股強大的力量，帶動每個跟隨他做事的人，都能謹守「爲民服務」和「無官不是公僕」的樸實作風。

了解德基水庫起死回生的過程，同時也認識登輝先生不只是充滿睿智涵養與溫慈的長者，同時更是一個具有前瞻性眼光的勇敢的實踐者。

余玉堂，民國二十五年十二月二十五日生，中央警官學校刑事系畢業，曾任南投縣警察局竹山分局長、宜蘭縣警察局督察長、台中縣警察局副局長、台中市警察局副局長、宜蘭縣警察局局長等職，現任高雄縣警察局局長。

輯四

寬容慈愛

一張高爾夫球場會員證的故事

——訪何旣明先生

■梵竹

那些晴空碧草，
與李登輝先生一塊打球的美好日子，
以及最初在船上與
那個沉默的少年相遇相識的情景，
都令他畢生難忘。

在何既明醫師的居所，在壁櫃架上有幀不曾放大的生活照片，它躲在架上其他小相框後頭，主人珍惜它，不隨便拿出來炫耀，照片前排坐著兩人便是當今第八任總統李登輝先生與何既明醫師，後排站著的是總統夫人和何醫師夫人，中間兩位分別是李何兩家可愛的孫女。

接受訪問時，何既明醫師很謙恭的說，這是好多年前的照片了，如今他又怎敢讓總統夫人站在後排呢？所以這張照片他是不肯讓外人看的。

兩家有著深厚恆長的友誼，從相片裡微笑的面容中流瀉出來。

何既明醫師是台北市人，民國十三年生，畢業於臺大醫學系。

何醫師與郭素絲女士育有二子二女，長女已出嫁；次子在美國攻讀哲學博士，是典型的幸福家庭。

如今何醫師也從外科的手術臺上退休，打高爾夫球是他最熱愛的休閒運動，現在擔任淡水高爾夫俱樂部會長。

談到高爾夫球，何既明醫師隨著往事的追憶，步入年輕的歲月中去。那些個晴空碧草與李登輝先生一塊打球的美好日子，以及最初在船上與那個沉默的少年相遇相識的情景，都令他畢生難忘。

一盅接一盅品著香茗，何醫師吐露了兩則動人的小故事。

從日本退伍回來的年輕人

光復前，我在日本讀書，那時候日本大學征兵，但讀理科的學生是不用當兵的，讀文科的學生便被征召。

日本戰敗後一年，遣返了滯留在日本的臺灣留學生，解除兵役的臺灣學生以及在日本工廠做事的男孩們。

猶記得那是一艘老舊的貨輪，人們像貨物那樣被推進船艙，睡貨艙改裝的大通鋪，伙食少得可憐又難以下嚥。

船上吵吵鬧鬧，但我發現，有一位年輕人非常沉默，多半的時間，他只是捧著書很專心地看著，相對於眼前這許多活蹦亂跳而又牢騷滿腹的臺灣青年，他的嚴肅顯得多麼突兀與不凡呀！

在船上的男孩們，許多是我曾熟識的，在日本讀書那段日子，他們在工作餘暇常來我住處相聚，互解鄉愁，並且接受我的款待。

船啓航前，他們終於忍受不了飢餓，羣起鬧事，將日本伙伕趕下船，組成伙食團，自己掌廚。

由於和男孩們早已混得很熟，我時常額外的分配到一份餐點。這天，我取了食物走到這位不愛言語的青年面前，他擡起頭合上書本，我看到那雙誠實的眼睛，透露出他那强壯的身體也早耐不住飢餓了，他欣然地接受了我送到面前的食物。以後幾天航程裡，我們便在一起享受雖拙劣却能胡亂塡飽肚皮的食物。

這個年輕人就是當今總統李登輝先生呀！比我年長一歲，當時，他是在日本解除兵役回國的。航行途中，我們兩個迥然不同個性的人却很合得來，我尊重他努力於學問，是一位好學深思的讀書人；他喜歡我是一個可愛的小弟弟，我們很快便成莫逆之交。

在滄海茫茫的旅途中，船上有人突然出疹子，並且病情加重，船轉入日本九州靠岸，先送病人就醫要緊。

從九州直航基隆港時，九州傳來的消息說，出疹子的病人，經過檢查是天花。因此，船上所有的人均需隔離觀察，不得上岸。

二十天的隔離，眼見家鄉到了，却侷限在一艘貨輪上，回家，只一水之隔呀！這眞是一段遙遙漫長的日子，大家都顯得急躁和不耐，但是李登輝仍安之泰然，每天都在看書，他眞是一個喜歡看書的人。

從甲板上可以清楚望見基隆碼頭人來人往的情形，我們一日捱一日，就這樣瞭望著碼頭打發時間。

碼頭上常有許多軍人，蹲著或圍著，面無表情的吃著餐盒，解決民生問題。他們的裝備很差，體格也較弱，而且有許多是老兵，看起來都十分疲憊。這與我們從日本來，所看到過的日本兵是不相同的。船上的男孩們都靠著欄杆，望著碼頭，大家你一句我一句批評著，並且露出失望、難過的表情。

在日本曾經是中尉退伍的李登輝先生，便制止七嘴八舌不懂事的男孩們。他向他們說，爲了我們的國家，國軍在這樣差的裝備條件下能打贏日本人，是一件非常了不起的事，我們要用敬佩的眼光來看他們才是啊！

男孩們忽然肅靜下來，大家都陷於沉思中。不錯，我們是在日本讀書，在日本工作，但，我們是中國人啊！那一刻動人的靜默的沉思，像是刻痕般，留下了深深的記憶，我永遠都記得男孩子們慚愧的表情。

高爾夫球場會員證的借據

大約在李登輝先生剛從美國回來後不久，工作尚未決定，有一段較空閒的時間，我們時常在臺北球場打高爾夫球。

記得我那時問過他有無會員證呢？

李登輝先生回答說沒有。

我說我在林口球場有會員證，你去打球好了。

李登輝先生接受了，以後便高高興興的去林口球場打球。

我以爲我們是肝膽相照的好友，也不在乎一紙會員證，那曉得李登輝先生是一位做事非常認眞的人，沒幾天我便收到一張借據。是李先生的親筆字。如下：

借據

林口高爾夫球場會員證，前記會員證暫借本人，如有需要，即時奉還，以此為據。

何既明先生

李登輝（印）
台北市松江路226巷20號
中華民國58年5月6日

前面二則小故事是由何既明醫師敍述。李總統與何醫師相交已四十餘年，在這漫長的歲月裡，他們是球場上的伙伴，也是無話不談的知己。

縱然如此，酷愛打高爾夫球的李登輝，也絕不肯讓朋友的最愛割捨，暫借用而已，這是李總統做人耿直廉潔的一面啊！何醫師搖搖頭說著。

何既明醫師指出，高爾夫球場的會員證，就如同股權一樣，是可以轉讓過戶的，一張會員證，也會增值成長，他當初的意思，彼此都是好朋友，一張小紙片的讓與，又算什麼呢？

何既明醫師說，現在林口球場的會員證已値九百餘萬元哪！聽到這裡，最想知道的是這張會員證如今身在何處呢？

何醫師大笑說，當然是在我這兒囉！李總統做事就是這樣，有借必有歸還，太認眞啦！

何既明，民國十三年生，台北市人。台大醫學系畢業，現爲台北市天佑醫院院長。

寬容慈愛，堅毅果決

訪翁修恭先生

■朱婉清

他是個不矯飾的眞性情中人，
不像一般政治家們那麼顧慮，
他心裡怎麼想，口裏就怎麼說；
有主見，有自信；
有時，他坦白得讓我不免爲他擔心，
畢竟他是個公衆人物。
但我認爲，在教會裡不應該由於他的身份特別，
就以不一樣的方式待他，
所以又覺得他與一般人其實沒有任何不同。

想要瞭解李登輝總統的眞實面，不能不研考他的宗教情操和信仰內涵，因爲他是一位虔誠的基督教徒，且自述「因爲得救於基督，我才得到了新生」、「這個信仰使我獲得了莫大的智慧」。信仰和教會確乎佔著他的精神生活領域裏極大的份量。

而翁修恭牧師，正是李總統自民國六十八年以來，陪伴他在信仰裏充實度過的良師益友，從翁牧師身上，我們應可發掘出李總統對於其個人信仰所秉持的原則和態度。翁牧師本人幾番心路歷程，也足以證明，一位總統所信賴的神之牧者，是否名至實歸，恰如其份。

挺身坦承對基督的愛與信

信仰，是一個人在精神生活上的支柱，也是一種追尋靈性與平安的情懷。自人類文化形成以來，信仰及因信仰而產生的宗教，一直居於導引世界性哲學思想的主流地位，而具有宗教信仰的人，在心理學家的分析中，個性通常都趨於穩定而成熟。一位教徒，無論他所信仰的是何種宗教，也不論其教義是否足爲其他非此門中人認同，基本上，那份虔敬之心，及忠於所信之誠，應是令人感動的。

信仰對宗教的參與程度不同，因此有人「出世」，亦有人「入世」，有執著於傳揚教義教理而樂見世人相隨眞理的宗教家，也有「心中有神如神在」、不拘形式的「自來信」者。在宗教自由與自主的民主社會裏，相信無論信或不信，信什麼？或怎麼信？都不成問題，都應爲世人所相容。

通常我們取決、判斷一個人時，往往並不認眞考慮他的宗教信仰是什麼，甚至我們也不在意他是否有神論者，因爲宗教屬於他的個人意識，是存在於他自我精神中心裏的隱密之私，我們無權干涉，更不便批評，這是我們對人的基本尊重。

但是，身爲一國之尊的元首，從先總統 蔣公，乃至總統經國先生，直至今日的李總統登輝先生，他們的宗教信仰往往受到萬方矚目，他們原極尋常的宗教行爲，也在不知不覺中被過度的關切，渲染得相當突出，這種公衆人物所必需背負的「生活透明化」包袱，著實令人戰戰兢兢，似乎做了總統，就連信仰的自由也必須克制或壓抑，最凡夫俗子式的做禮拜、禱告（就和佛教徒廟裏上香、祈福並無二致）也需謹愼從事，以免與政治混淆，宗教語言也需修飾得不致被曲解成政治語言，站在這種角度來看最高領袖，覺得他們所承受的壓力大得有欠公允。

李總統登輝先生，這位坦率、眞誠、樸實、耿直的基督徒，自產生信仰以來，從不諱言自己的宗教情操，不因地位日高而「避嫌」不認自己的虔誠，即使當更多的誤解與譭謗針對他的信仰如排山倒海而來之時，他仍願固守在堅定的陣線上，挺身坦承他對基督的愛與信，這份執著和擔當，令人衷心欽佩，也油然而生「大丈夫當如是也」的認同，因爲，在信仰中，李總統也和我們每個人一樣，應是擁有同等空間的。

李總統目前所屬的教會——台灣基督長老教會濟南教會，以及這所教會的主持人：翁修恭牧師，和所有教友、長老，對於李總統表現在信仰上的熱誠和執著不僅僅是感動，更多尊敬。

「他是個不矯飾的眞性情中人，不像一般政治家們那麼顧慮，他心裏怎麼想，口裏就怎麼說；有主見，有自信；對教會的事也會發表他的意見。他坦白得讓我不免爲他擔心，畢竟他是個公衆人物。但我認爲，在教會裏不應該由於他的身份特別一點就以不一樣的方式待他，所以又覺得他與一般人其實沒有任何不同。」翁牧師認眞思索著與李總統共處時光中的點點滴滴，回憶滙成一彎潺潺小溪，流過相識與相知，駐足於心靈感應中。

充分享受靈修的快樂

十一年前，濟南教會裏有一位信徒曾文雄，爲他姊姊曾文惠的兒子李憲文尋找舉行婚禮的合適教堂和牧師，翁修恭牧師開始與濟南教會一起走進李總統的屬靈生活，分享聖經的啟示，彼此關懷。

「曾文雄先生在新莊盲人復健院工作，我並不知道他的姊夫就是台北市長。他聯絡了之後，他的姊姊、姊夫就一起來拜訪我了。然後是一對新人來。婚禮是一般性的，但從此李登輝先生夫婦成爲濟南教會的一份子，參加主日崇拜，也閱讀教會周報，兩個女兒同樣在濟南教會由我證婚。」

翁牧師的敍述裏沒有自得的成份，因爲李總統本身從不在仰望基督的情懷裏滲入他的職務或地位，所以他能賦予信任的牧師，也必有這樣相同的認知。

「聖經馬太福音二十章二十六節至二十八節有一段話說：『你們中間誰願爲大，就必作你們的用人，誰願爲首就必作你們的僕人，正如人子來，不是要受人的服事，乃是要服事人。』這是李總統願意以基督徒的胸懷爲國爲民做公僕的證言，信主的人，在神前既是神的忠僕，在人前，也是有良心的公僕。」

翁牧師感受到，李總統認定大家在上帝面前都是兄弟姊妹，人人平等，職守雖或不一，並無尊卑之分。他通常在主日開始前五分鐘提早一點進入教堂，坐在位置上安靜地禱告，讓心靈做準備，他既從不知翁牧師這一個主日要講什麼證道詞，也從不會要求翁牧師特別講什麼內容，一切順其自然，他只是充分享受聚會裏靈修的快樂，給自己一片精神的天空。

當李總統第一次主動前往濟南教會聚會時，翁牧師還特別向大家介紹了他是現任台北市長，但是會後，李總統非常客氣地希望翁牧師不要强調他的職務，所以此後每番改換頭銜，對李總統及濟南教會所有教友而言，不過是一聲輕輕「恭喜」，像宣佈家庭中任何一份子有好消息一樣，引起一陣共同的祝福，鼓掌之後，一切如常。

市長任內，李登輝先生每周公務再怎麼繁忙，也總不放棄星期天上午珍貴的崇拜時刻，但是自從調任台灣省主席後，需要全省拜訪百姓，而省府又位在台灣中部的中興新村，他開始趁著視察之便，立願到全國的教會做訪問；某個周日，恰逢他由台中驅車前往中興新村，途經一幢白色的教堂位在馬路旁邊，他停車走了進去，正是禮拜中，大家請他帶領禱告他也照做了，他感受到歸屬的喜悅，自此，他若人留中部，就到這所草屯的長老教會，或是中興新村的教會與神交通，但每年仍有六、七次以上重返台北的濟南教會。李總統曾表示，他覺得光看教會周報上記載的講道實錄，不足產生與會堂親自聽道相同的感動，因此他總是希望能參加聚會。語言與文字的不同表達方式上，宗教效果應仍屬「人」的親身佈達與參與較能激發心神感應。

注重牧師對聖經的詮釋力

翁牧師說：「李總統是位長於思考的農業專家，所以他雖然欣賞感性強的證詞，卻也相當注重一位牧師的理性分析能力。因爲聖經上充滿了對人生的啟示，但若無法由帶領信徒入內的牧師去分析、研判出一套與生活相結合的合理證詞，聖經就成爲平淡的教科書，或像六法全書一樣，變成法規書了！但事實上聖經是一本啟示錄，悟釋全憑各人與上帝的溝通，有直覺的部份，對我來說，是冷靜而理智的分析居多。」

在參加長老會之前，李總統曾在聚會所一段時間，由於不同的教會採用不同的方式做禮拜，聚會所的直接、感受性各人證道方法影響了李總統一直在宗教裏十分感性，他偏愛「活」的證言，樂於實踐上帝的眞道，他絕不只講靈的拯救，卻枉視世間眞實的磨難。

所以李總統曾說：「今天不論我是誰，最重要的是要在自己的工作崗位上榮耀上帝」。他認爲「信心若沒有行爲就是死的」（聖經雅各書二章十七節），在李總統發表「我的心路歷程與從政感言」中有這樣的話：

「我們生命也因著愛別人、克己，且爲了高尚的理想與信仰而活，才有永恒的意義與價值。」

因著信仰，產生了力量

細數李總統的信仰歷程，也是經過了非常理智的思慮而來，絕非一蹴而及。他由十幾歲時發覺了社會生活的不公平，直到十五、六歲時因「自我」意識太強而產生自省時的困擾，而又體驗了人的生與死，開始感到認識「人的意義」非常重要；於是他以「同情心」來抵銷「不公平」，用學「禪」、「苦行」來磨練自己，又拚命讀書，希冀書中產生「生死之謎」的答案。這樣十幾年的努力，他還是一無所獲。

直到這位當時的無神論者漸漸感覺出自我欠缺的宗教信仰的確存在，他仍然在教會裏得不著解救，原因是他一直以生物學的觀點來看「靈」的問題，由「形而下」來試圖瞭解「形而上」，所以就沒有辦法產生信仰。

最後，當他決定受洗的前一刻，他終於悟出，信仰是屬於「靈」的層面，要了解靈，然後以靈來了解神，問題就解決了。於是，社會生活的不公平可以用耶穌的話填平鴻溝：「基督叫人與人之間再沒有分歧，消除隔膜，拆除牆垣，填平鴻溝，叫一切人要相信耶穌。」就是一切相信耶穌的人，都能在祂裏面完全合一，成爲一體。而「自我」的困擾則需回轉到如孩子般的純真境地，讓耶穌進入你心，則不致由於智性太强而爭取權力，顯示自己的偉大和驕傲；這就是聖經所說：「現在活著的不再是我，乃是基督在我裏面活著。」以及「若有人在基督裏，他就是新造的人，萬事已過，都變成新的了。」

而在「生與死」的關口上，民國七十一年李總統痛失獨子憲文的生命之後，如果不是他已然領悟聖經中約翰福音十二章廿三節的一段話，眞不知該如何度過那段錐心刺痛的歲月：

「一粒麥子不落在地裏死了，仍舊是一粒，若是死了，就結出許多子粒來。愛惜自己生命的，就失喪生命。在這世上恨惡自己生命的，就要保守生命到永生。」

「恨惡自己生命」的意思是：把自我爲中心的人生，轉變爲以上帝及他人爲中心的人生。

在遭遇至親最愛的憲文之喪時，李總統因著信仰，產生了力量，他爲了延續憲文的生命——孫女巧巧，戒絕煙、酒，他自己的生命也因著傳達神愛的實踐力量而豐富。

李總統家客廳裏的家庭禮拜

冷靜、穩健而具哲學氣質的翁修恭牧師，最足吸引李總統的是他對聖經卓越的解釋力及其與人生的相互印證、詮釋。他致力於提昇信徒的信仰品質，重視文字的傳道工作，强調理性，他甚至將理性視爲濟南教會的傳統，因此，他的證道詞能夠深深打動李總統的心，進而結成知己。

但是李登輝先生謙虛、平實的作風，使他從未答應過在自己的濟南教會當衆證道，只在家庭禮拜裏互相切磋神的道理。

「每個月最後一個禮拜天的晚上七點半開始，是我前往李總統家做家庭禮拜的日子，他從不指定誰可以參加，所以多半由我帶幾位教會裏的長老、執事隨行，有時也邀其他教會弟兄姊妹。他自己也會邀些主內的，或還不認識上帝的親朋、同僚，藉此宣揚主的眞義。大約廿人左右，就在他的客廳，一小時以內結束，禮拜完畢後天南地北聊一陣天，李總統興趣廣泛，十分健談，喝茶、說笑話，從不主動趕客人走，直到大家盡興散去。」

這樣難得的接近總統好機會，是否「有心人」會爭取參加呢？

翁牧師堅決地表示：「從沒有任何人爭取過，也從無不爲信主而來的人。」

前年聖誕節，李總統約了張學良夫婦、李國鼎夫婦與倪文亞夫婦共度家庭禮拜，那實在絕非「政策性運用」下的政治行爲，而係李登輝先生家庭生活裏的屬靈行動。其實在濟南教會參加過李總統家庭禮拜的人很多，但是並沒有誰因此炫耀，因爲在基督徒的胸懷中，李總統是個眞正在工作崗位上爲上帝作美好見證的人，是位好弟兄，如此而已。

李總統的家庭禮拜就沒有一點特別的嗎？

翁牧師說：「他們夫婦都非常親近主，李總統尤其具有專業傳道者的素養。他們喜愛音樂，所以多安排些詩歌，請幾位歌喉好的敎友一起參加崇拜，以詩歌感動會衆的心，是我認爲可以做的。」

較大規模的家庭禮拜以追思憲文的聚會次數最多，剛開始每週一次，後來改爲每年三月廿一日憲文忌日舉行一次，直到現在，沒有間斷。這份爲人父者思念親子的沉哀，深深感動著翁牧師，使他追憶李憲文的語調充滿遺憾與慨嘆。

李憲文長留哀思

「憲文臨終前一天由我爲他受洗，儀式完成他已相當疲倦，但仍頻頻致謝。他在病中我探視他幾次，清秀的面龐上從無憂懼之色，我相信他自己知道病情，但是由於信仰日誠而信心充滿。他的彬彬有禮、光明磊落令人難以忘記。」

最神奇的故事發生在憲文追思禮拜前一天，一位老阿公徘徊在教堂門外，他告訴翁牧師，幾年前，他從鄉下坐車到台北，想要轉車到三重看望出嫁了的女兒，由於不識字，惶惶然兀立在街頭時，一位好心的年輕人主動過來幫忙，不但告訴他如何坐車、坐什麼車，更親自帶他到站牌下等車，甚至，在離去後又不放心地折回，陪著上車到達三重，親自爲他找到了女兒的家。

翁牧師轉述著：「在老先生一再追問下，小伙子告訴他名叫李憲文，父親是位公務員。他不敢相信這就是報上刊載而經人告知的『省主席的公子』，但照片證實了一切，老先生無法接受那親切陪伴他艱苦行程的大男孩子已英年早逝的事實，也不明白何以鼻癌能奪人壽命，他只是叨念著不該、不可能，而老淚縱橫。」

李憲文的良好教養得自父母，他曾於民國六十八年八月八日慶祝父親節的時候，在中華日報發表過一篇「父親與我」的專文，對於父親李登輝先生的形容既溫馨又深刻，文中肯定父親「原本就是這麼一個堅守靈魂的人」、「他總是嚴格地要求自己，無論是治學、處事或運動」、「對一個男人而言，父親最肯定、最重視的道德品質是——負責、堅忍」

，李憲文細數出父親對全家的執愛，包括妹妹的毛衣、他自己的第一支釣竿、一張三角形郵票，與在收割後的稻田裏打棒球的日子，父子情深，躍然紙上。

身為要津之子而肯熱心助人、不自誇，甚至形容父親只是「公務員」；文章之中，字裏行間更能充滿愛心、體會親心，李憲文的平實、富感性、真性情得自父親真傳。

以上帝的心為心的勇敢信仰

翁牧師強調：「李總統的確想做傳道人，他沒有政治野心，也不是原先就願走上政治的道路，他喜愛教書、做研究，將來退休後想到山地傳福音，這是他最真實的一面。」

李總統在工作上信賴專家，他注重專業知識，也樂用專業人才，所以他以科學的態度解析宗教，更願將自己的信仰附託翁牧師這樣的專職牧者，翁牧師在基督裏堪稱李總統的艮師益友。

「小聚、便餐、如家人般相互關懷，偶而拍拍肩膀，有兄弟一樣的親密之情，我和內人都不覺任何拘束。雖然我們因信仰而結交，但總統與夫人的平易近人，常使我們超脫宗教的層面，討論或辯論任何社會現象、國際現況，但最後一定歸結於宗教的處理方法，以神的感化診療人類的心靈。」翁牧師說。

翁牧師是一位內涵豐富的宗教家，他非常淡泊，不肯追逐世俗名利，也不願因成為「李總統的牧師」而被冠上「總統牧師」的稱號，他清楚辨認自己的角色，不會為虛幻榮譽迷惑心智。

「我是純牧師，不是官場人物，絕不會因爲接近總統而關說什麼，我的活動範圍只有教會和教友，注重信徒與我之間的默契，很樂於爲一位像李總統這樣夠水準的教友服務，因爲原本牧師的職責就在擔任神與教友之間溝通的橋樑，何況李總統在信仰裏如此智慧、勇敢，我也可向他學習許多。」

他認爲耶穌的眞理就像鍋子，如果通過鍋子，火不但可以將水燒開，也可以炒出美味的菜肴，火的運用之妙存乎一心，但若少了耶穌的道，萬事萬物難以合理解釋，宇宙缺少條理，人生變作無意義。

李總統常愛引用一句傳道書上的話：「如果你要等待風調雨順，你就永遠撒不了種，永遠不能收割。」他勇於面對困難或挫折，他在盡了一切人力後，平靜地來到他的信仰裏，謙卑主前，從而獲得心靈慰藉和全新啟示。他關心全國百姓，凡事以愛爲出發點，只因基督徒認爲宇宙是由上帝所創，必有祂美好的旨意在其中，他以上帝的心爲心，那是一顆寬容慈愛的心，也是一顆堅毅果決的心，他所牧養的，是一個快速銳變中的國家。

翁修恭，民國十六年三月生，彰化縣人。台南神學院畢業，曾赴英國、美國等地神學院研究，美國紐約協同神學院神學碩士。曾任台南神學院副教授、長老教會總會議長等神職。現任基督教長老教會濟南分會牧師、聖經公會理事長、中華民國基督教青年協會理事長。

友直、友諒、友多聞

訪黃崑虎先生

■史習蘭

如果有機會跟總統聊一聊，
尤其是聽他談政治抱負，
你就會深深地被他的赤忱感動，
他眞的是一位有遠見的領袖人物。

以人爲鏡可以知得失

爲人清廉耿介、直言無諱的朋友，往往被喻爲「明鏡」，與之交往不僅可以照見自己的缺失，更可師其長處，以增進己身之不足。對李總統登輝先生而言，住在台南縣後壁鄉的黃崑虎，正是這樣的一面鏡子。

黃崑虎自台大法律系畢業後，偕同妻子（亦是他法律系的同學）回到祖厝務農，一方面是生性澹泊，另一方面則是爲了接續祖先們「服務鄉里」的職志。黃夫人表示，鄉民遇有難解的糾紛，常會求助於黃崑虎，不論事務多麼繁忙，他總會抽空爲大家解決問題，而拗執的雙方也總能因黃崑虎的調解，而心服口服。

「直言無諱」奠下友誼基礎

黃崑虎憶述當年與李總統初識的往事，言談間神情自若，彷彿在聊一位多年的老友。他記得那時，李總統還在省主席任內，而他自己則是台灣省選舉委員會的委員，就在一次以「端正選舉風氣」爲主要議題的會議上，黃崑虎秉持著一貫的剛直個性，出於善意地發表了許多別人不敢說的話，甚至使得席間的氣氛頓時變得凝重。然而，主任委員（即當時的省主席李登輝先生）却對他的直言無諱大爲激賞，特地於會後找他談話，彼此交換了許多意見，談得十分投契，奠下日後友誼的基礎。

「其實，李總統本身也是一個正直、務實而且做事熱忱的人，所以他很能了解我的言行。」黃崑虎解釋總統爲什麼會與他成爲好友的原因。而且在日後的交往中，黃崑虎愈發地印證了自己的觀點，他還說：「李總統自己是這樣的個性，所以，他在選用人才、決定政策，以及施展抱負各方面，都是由這個基準點來推而廣之的。」

李總統只要到了台南，常會光臨黃府的四合院，有一回他來台南縣參觀農業大展，黃崑虎夫婦應他的邀請，前往當地台糖公司的招待所參加晚宴，當他們準時抵達時，發現他們是僅有的被邀者，起先還有些錯愕，後來才明白邀請他們二人乃基於「好友小聚」的心意，夫婦倆面對如此的隆情厚誼感佩不已。

守在晚間唯一亮燈的地方讀書

當晚用餐時，李總統輕鬆愉快地與他二人閒話家常，談起他的求學歷程——在淡水中學唸書時，台灣仍被日本人佔據，所以學制與日本相同，中學必須唸五年，而他以四年級的同等學歷考取所謂的「高等學校」，在台灣人接受高等教育極爲困難的當時，他簡直被視爲「奇葩」。然而，黃崑虎轉述道：其實，他是下了苦功的，當然也是因爲他實在喜愛讀書，那時候，學校規定他們必須住校，每天晚上九點就得熄燈就寢，李總統爲了爭取多一點唸書的機會，寧願犧牲睡眠時間，可是沒有燈怎麼看書呢?……於是他就搬張桌子，守在晚間唯一亮燈的地方——廁所，就著一只小小的燈泡繼續讀書。後來，還是被舍監發現，一而再，再而三地，屢次被制止無效，舍監先生終於也被他的勤奮向學所折服，最後終於取得校方同意，特別開一間亮燈的教室供他專用。

黃夫人又補充說明，李總統當年只是十幾歲的少年，但是在他的心裏早已擔負一份使命，他廣博地閱覽各類書籍──包括哲學、政治、科技……乃至美術等，其實他是藉著大量且深入的吸收知識，來充實自己，以期爲國家盡心力。年少的他，因爲同胞處於被日人壓制的狀態中，而深感椎心的痛楚，他後來選擇就讀「農業經濟系」，就是希望能從台灣的基業──農業開始紮根，以促進民生豐足、社會富裕，並進而臻至國家强盛之途，國族富强自然不會再受外族强勢的侵略與欺凌。

黃崑虎夫婦透露李總統曾經相當感慨地表示，許多人評論他的行事，說他是個只想握住權柄的人，令他非常傷心，其實他眞正想做的終生職務是「傳教士」，可是站在一個國家元首的立場，他就不得不爲了顧全大局，而作多方面的設想，甚至在必要時拿出領導者的勇氣與擔當，就算會遭受某些人的責難，但只要能讓國家有美好的將來，即使他個人形象受損也在所不惜。

推一己之愛爲天下人服務

「如果有機會跟總統聊一聊，尤其是聽他談他的政治抱負，你就會深深地被他的赤忱感動，他眞的是一位有遠見的領袖人物」，黃崑虎頗有所感地道出這段話。他還指出，李總統基於一名基督徒的虔誠心意，於生活中實踐「博愛」的精神，譬如他任職總統之初，特地將全家人齊聚一堂召開家庭會議，他告訴家人，這是一個新階段任務的開始，爲了全國民衆的福祉，他的身心或時間都勢必要做更完整的投入，他躭心在這種情況下，會無暇顧及這個家庭，希望家人能先給予諒解，並期盼未來的日子裏，家人能給予精神的支援。黃崑虎認爲，這是李總統推一己之愛爲天下人服務的最佳例證，這也是一名基督徒所能付出的最大奉獻了。

在其它的生活細節上，也可看出李總統宅心仁厚，譬如他完全沒有「省籍」觀念，只要是有才幹有熱忱的人，他都會給予讚賞和重用。

「不僅對人是如此，他對小動物也是非常仁慈的」，黃夫人顯得特別溫柔地敘述著——李總統最喜愛的小動物是小狗，尤其是純正的「土狗」，曾經，他豢養多年的一隻愛犬死了，十分重感情的他撫摸著牠落淚，並且還親手爲牠安葬，替牠築了一墩小小的墓。後來，李總統得知黃夫人也是一個愛狗的人，就特別請人送來兩隻「山地土狗」——據說台灣只有山區才有這種犬族，而且目前已瀕臨絕種的危機。「他就是那麼一位細心、周到的好朋友。」黃夫人一面訴說著，一面把總統送給她的兩隻土狗喚到跟前來，輕輕地撫摸著。

黃夫人提起李總統的細心，又想起一件往事——「有一次，我們夫婦倆跟總統伉儷一起用餐，入座前總統竟然幫我拉出椅子，請我坐！眞是令我受寵若驚，因爲，論輩份，他是我們的學長，論身份，他更是一國的元首。可是，你看他一點也沒有擺架子的意味。」對這位「學長」，黃夫人覺得他眞稱得上是彬彬有禮的「紳士」。

追求完美鍥而不捨

黃府的曬穀場外側，設有一座小型的高爾夫球練習場，黃崑虎與李總統同是此項運動的愛好者，李總統也曾應黃崑虎之邀，在場內練習揮桿。李總統一面揮著球桿，一面告訴黃崑虎關於他自己的一項「紀錄」——他曾經專注地練習揮桿動作，爲求有更好的球技，他一桿一桿不停地揮出，待他認爲總算比較接近理想成績，而稍作休息時，才發現全身汗如雨下，竟至所站的位置形成一圈「汗的圓周」！黃崑虎說：「從這件事情上，就可以看出李總統是一個爲了追求完美且鍥而不捨的人。他爲國家爲民衆服務的心態也是如此的。」

黃崑虎指著黃府正廳兩側的木質牆壁，對來訪的人說：「這幾行字就是我們家的家訓——『奸貪不學我清門只望光明』、『富貴無常爾小子勿忌貧賤』，這些寶貴的訓示代代相傳，我們一家最重視中直之道，而且對於富貴功名看得很淡，只求有機會爲地方服務，共建和樂平安的社會。我的這位朋友（意指李總統登輝先生），我很了解他的，他同樣也是抱持著這種心境在爲國事憂勞。」

黃府正廳門前懸著一幅橫匾，上書「肯構肯堂」四字，黃夫人說，這「肯」字乃「肯定」之意，引申爲堅實穩固的意思，這四字意味著這個家族的屋居架構建立在一個堅穩的基礎上，而滿堂的子孫也必須共同持守優良的家風，齊心協力、團結一致，使家風不墜，發揮家族的力量使代代兒孫都能成爲「賢良方正」之士，爲社會貢獻才能。

黃夫人語氣誠摯地說：「我們眞的是所謂的『平民百姓』，不求聞達、不事仕途；而且我們接近的是最基層的民衆，也最了解他們的需求。我們有幸能與總統爲友，而他又是一位那麼願意與人溝通的長者，我們也可以提供他有關地方上的民情。」

事實上黃家這樣的門風正是李總統最爲讚佩的，這也是他們能夠傾心相交的原因。更貼切地說，這就是李總統用以治理國家的精神指標，以及對國人的期許。

黃崑虎，民國廿一年十月生，台南縣人。台大法律系畢業。從事畜牧工作近二十八年，並致力於地方教育工作。目前經營養雞場，兼永光物產公司董事長等職。

心胸開放，博採衆議

訪張京育先生

應平書

在張校長的心中，
李總統是個謙謙的君子，
他的求知慾很强，
資訊的管道很多，
而且能博採衆議。

據政大校長張京育回憶，他認識李總統是在他任職政大國際關係研究中心的時候，當時他純粹是一個學者的身分，而李總統是台灣省主席。

剛開始，是李主席爲招待外賓，而請精通國際事務的張校長作陪。當時張校長就感到李總統是位性格開朗，尊重學者，而又關切國際外交，重視和外賓實質接觸的人士。

等到李總統擔任副總統，而張校長正好任新聞局長，由於當時蔣總統經國先生也希望李總統注意國際外交和有關大陸政策方針的問題，張校長多次把多方的意見歸納、整理之後，送總統府參考。

在張校長的心目中，李總統是個謙冲的君子，他的求知慾很强，資訊的管道很多，而且能博採衆議，他的心胸非常開放，很能採納多方的意見，也希望能聽到各方面不同的意見和訊息。

近年來，我國的外交政策一直朝務實外交的方向進行，這一點和李總統個性中的務實精神和理念有很大的關連。早從省主席時代開始，他就樂於結交國際友人，這是張校長親身感受到的。而給他印象最深刻，也引起他很深感觸的是，去年六月底國關中心舉辦了一個亞洲展望研討會，參加的是我國和日本的學術界、產業界及新聞界最具代表性的人物。這個研討會從構想到完成就是由李總統積極促成的。

最難得的是，在研討會結束之後，李總統在繁忙的國事中，特別撥冗接見與會的日本代表團。原本安排的時間只有半小時至一小時，可是見到總統之後，李總統卻逐一和這些代表聊天、請益，並要求每個人發表意見。由於他本身日文極佳，又深諳日本民情、風俗，和這些日本學者相談甚歡，而使原訂的時間一延再延，整整談了一個半小時以上。他並希望我國學術界人士和日本學術界多溝通、接觸，經由學術界的合作、聯誼，建立國與國之間的交流，並進而經由日本的溝通而和其他重要國家建立起友好的關係。

李總統這種爲了辦好外交，而親身示範並願意多花一點時間使國際人士感到自己受中國總統重視，正是促進雙方相互交流最有效的一劑「强心劑」。

雖然說務實外交也是過去很多學者、專家在討論外交政策，或分析國際事務的走向時，曾多次提到。很多學者就曾以國際現勢加以分析談到，戰後早期的國家對外政策，總是意識型態很僵硬，而近年來現實主義盛行。很多國家都了解到謀求自己國家的發展，必先抱持實事的態度。但學者們只是作理論性的分析，不曾具體的實踐。

而這兩年我國外交政策大幅度的轉變，正是李總統在綜合專家的意見、看法之後脚踏實地的積極作法。

張校長確信，李總統對中國的未來有很强烈的使命感及責任感，他關心的不光只是使國內政策安定，政治步上軌道，而且是在台灣眞正安定的前提下，纔能在大陸上推展台灣經驗，使海峽兩岸得以眞正統一。

從這一點看起來，張校長深深了解李總統强調的無論是務實外交或有前瞻性的大陸政策，都具有長遠目標，著眼點是爲「大中國」而努力。

張京育，民國二十六年生，湖南湘潭人。台大法律系、政大外交研究所畢業，美國哥倫比亞大學比較法碩士及

政治學博士。曾任政大政治系教授、政大外交系主任、外交研究所所長、行政院新聞局局長、政大國關中心主任等職，現爲政大校長。

輯五

文化素養

拉小提琴，唱台灣民謠，推動藝術活動

——李登輝先生的音樂素養與生活

■鍾麗珠

當李登輝神情從容的站在台上，
琴弦滑動處，
流瀉出順暢動人的美妙旋律
不但博得全場的掌聲和喝采，
也使同學們知道，
這位沉默寡言、琴藝高超的同學，
是來自遙遠而美麗的國度——
自由中國台灣！

李總統是一位重視文化建設，主張藝術全民化的政治領袖。他在台北市長和台灣省主席任內的文化建設成果，是有目共睹，有口皆碑的。例如在台北創辦了史無前例的「音樂季」；請楊麗花到全省偏遠地區巡迴演出；鼓勵交響樂走出殿堂，進入羣衆；他還愛才擢才，因賞識男高音李宗球的才藝，鼎力協助他出國進修等等。這些作爲，在在都顯示出他對文化有起敝振衰，大力推動的決心。

用音樂來洗滌心靈的煩憂

政治是嚴肅的，務實的，理性的，一般人很難把政治人物跟藝術聯想在一塊。尤其是一個身繫國運前途與全民福祉的國家元首，如何在公務叢脞，日理萬機之餘，找回一小片心靈休憩的地方，那就得看他與藝術結緣的深淺了。

喜愛音樂的李登輝先生常用音樂來洗滌心靈的煩憂。尙未担任總統以前，聽音樂是他最喜歡的休閒之一。

台北市立交響樂團前任團長陳暾初，跟登輝先生是舊識。他說，只要市交有演出，登輝先生多半會抽空前來捧場。從行政院政務委員任內，到台北市長、台灣省主席，乃至副總統期間，都經常光臨音樂會。

「担任總統以後便很少來了。因爲一來公務較忙，二來總統出門未免得驚動許多人。深懂體恤別人的登輝先生不忍勞師動衆，只好犧牲欣賞音樂會的愛好了。」陳暾初說。

登輝先生喜歡音樂，連帶的，他對一切有關文化的事務，也格外關切。陳暾初說：

「民國六十七年登輝先生就任台北市長的前夕，我應美國大使館安克志先生的邀請，到中山北路公館聆賞音樂，剛好登輝先生也在座。很自然的，我們從音樂聊到市交近況。那時候我並不知悉他要接掌台北市長。由於當時市交的經費短缺，人員不夠，很多工作無法施展。在熟朋友面前，我就毫不掩飾的大吐苦水。沒想到第二天打開報紙一看，登輝先生竟然發表為台北市長，更想不到的是，他在剛剛上任，一切事務都還在千頭萬緒之際，竟然還把市交的事牢記在心。」

登輝先生上任，隨即約見陳團長，垂詢市交詳細情況。不久，又到當時還設在開封街的市交團址巡視，實際了解市交的困難。當他看到幾十位團員擠在狹小簡陋的空間練習，心裡很過意不去，答應一定盡力協助，設法改善。

「這張支票後來不但眞的兌現，他還擬定一個空前龐大的音樂活動計劃，交給市交負責策劃，這就是以後的台北市第一屆音樂季。」陳暾初說。

拉小提琴，唱台灣民謠

曾經學過小提琴的登輝先生，精湛的琴藝曾為中華民國贏得光采，那是他還在美國康乃爾大學修博士期間的事。

傳統上，每年聖誕節到來，美國各大學都會舉辦慶祝晚會，並對演出節目內容相當重視。康乃爾大學也不例外。屆時，有才藝的同學都會使出渾身解數，把自己的看家本領在晚會上亮出。年輕的登輝先生不動聲色，每天躲在宿舍練琴。當他神情從容的站在台上，琴絃滑動處，流瀉出順暢動人的美妙旋律，不但博得全場的掌聲和喝采，也使同學們知道這位沉默寡言，琴藝高超的同學，是來自遙遠而美麗的國度——自由中國台灣！

不光是登輝先生拉得一手好琴，志趣相投的李夫人曾文惠女士，鋼琴造詣也很高，她曾在教堂担任司琴好一段時間。在父母影響之下，兒女也都愛好音樂。大千金李安娜担任「世紀交響樂團」的低音提琴手，二千金李安妮小時學過鋼琴，也曾是「道德重振合唱團」的團員。登輝先生本人則担任過「世紀交響樂團」的顧問。

平日，登輝先生除了聽音樂、拉小提琴外，還喜歡唱歌，沒事時哼哼唱唱，心情好時更是唱個不停。當他還在省主席任內，在他們家幫忙做飯的張太太說，有一天下班後，登輝先生邊哼著歌邊走進廚房，經驗告訴她，登輝先生今天的公事一定非常順利。果然，停了一會，登輝先生興高采烈的跟她說：「你知道我今天爲什麼這麼高興嗎？因爲台北二重疏洪道的工程順利施工了，業主不跟政府唱反調，台北地區三百萬居民的生命財產就有了保障！」

由於爺爺愛唱歌，孫女巧巧也喜歡唱歌，爺爺就是最現成的老師。公餘之暇祖孫倆常常對唱兒歌，也是生活中的一大樂趣。

登輝先生喜歡唱藝術歌曲，也喜歡唱台灣民謠和老歌，特別是台灣民謠。他不但喜歡唱，對台灣歌謠發展的來龍去脈，更是瞭若指掌。民國七十二年的光復節，台灣電視公司的特別節目「歌謠五十年」，就曾訪問當時担任省主席的登輝先生。在節目中，他對台灣歌謠五十年來的演變情況，以及各時期中歌謠所反映的社會型態，說得相當貼切。

格外喜歡貝多芬的作品

對音樂，登輝先生除了喜愛，素養也很高。他當省主席時，有一次到霧峯的省立交響樂團巡視。當時剛好意大利籍的客座指揮法朗企斯可・雷奧內斯在指揮團員練習貝多芬的「第2號交響曲」的第一樂章。聆聽過後，登輝先生過去跟指揮握手致意，盛讚演奏精采，並跟他暢談貝多芬，表現出獨到精闢的見解。

登輝先生對貝多芬這位晚年爲耳聾殘疾所苦，却毅力堅強的音樂大師，崇敬有加，也格外喜愛他的作品。譬如有一次，他在台中講演「田園之樂」，便特別舉出貝多芬的「第六號田園交響曲」作例，詳盡的解析這闋交響曲各樂章所表達的主題和意境，講得生動又引人入勝。

關於貝多芬的音樂，還有一次是教育部主辦的一場音樂會，演奏貝多芬的「第九號合唱交響曲」，這是貝多芬耳聾後的經典之作，最能表現他不屈不撓的毅力和人生觀。登輝先生本擬前往聆賞，但臨時因事，不能前去，他特地派人把兩張入場劵送還主辦單位，囑他們轉送給喜愛音樂的市民。由此可見，他不但對音樂有高品味和素養，對藝術工作者尊重的修養，也比別人來得高。

翻譯「浮士德」劇本

登輝先生在台北市長任內，創辦了膾炙人口的「音樂季」，他爲了達到精緻藝術大衆化的目的，在百忙中，每天晚上犧牲自己的休息時間，花了三個月把世界著名歌劇「浮士德」劇本譯成中文，並交給聲樂家吳文修在翌年的台北市音樂季中演出。登輝先生說，用原文唱歌劇怕大家聽不懂，沒有興趣。「浮士德」是齣非常好的劇本，手邊只有德文和日文兩種。他以德文爲主，再參考日文劇本，把對白譯成中文。果然，當這齣歌劇上演時，感人的情節，配合兩旁幻燈打出來的精彩譯詞，相得益彰，使觀衆一目了然，看得興趣盎然，完全達到寓教於樂的目的。

歌德的「浮士德」是李登輝先生最欣賞的一部文學名著。這部有深度又富哲學意味的著作，影響了他爲人處世和做事的態度。他說：「浮士德憑一份愛心爲世人拚命努力、犧牲奉獻，並且極力擺脫一切誘惑，最後終於肯定了人生的眞諦和生命的意義。」「浮士德」的故事感動了登輝先生，並且覺得身爲基督徒的自己，更應該用來自我勉勵。他已病逝的獨子李憲文在「父親與我」一文也寫：「在記憶中，父親最常跟我提起的，就是浮士德對魔鬼出賣自己靈魂的故事。他說：『孩子，一切外在名利的誘惑，都是存在於我們四周的魔鬼，你爲其所動，就等於將自己的靈魂出賣給他，你將淪爲他所驅使，不由自主的步向罪惡的深淵，所以人應當具備一股堅強的意志力，才不致陷於沉淪！」

從「浮士德」一書中，他還體會出「人生在世，應該用無比的愛心和堅韌的毅力去爲別人做更多的事。因爲在人類所具有的各項美德中，最寶貴的就是愛心，也唯有愛心才能幫助人羣，造福社會！」他常用這幾句話勉勵自己，也勉勵同仁！

藝術花朵的播種者

孔子重視樂教，他把音樂列爲六藝之一，可見音樂對一國的文化、教育影響，是何其的鉅大與深遠了。「從小喜愛音樂的登輝先生接掌台北市後，眼見台北雖已發展成一個現代化的都市，但文化建設却不成比例，遠遠的落在後面。爲了使文化建設與經濟建設並駕齊驅，使市民的物質生活與精神生活互相協調，登輝先生把推動文化工作，提高音樂水準，充實市民的音樂生活，列爲施政的首要目標。」陳暾初說。

「音樂季」的構想，就是在這樣的前題下引發出來的。登輝先生在開幕典禮上開宗明義的表明：「創辦音樂季的目的，在推行文化建設，加强文化活動，充實市民精神生活領域，使台北市在擁有繁榮外表的同時，也有文化的內涵，而成爲一個有朝氣，有禮貌，有秩序的現代化都市！」

當時，登輝先生認爲音樂季應以曲高和衆，雅俗共賞爲原則。要有藝術性，也要能爲市民能接受。因而把演出型態分爲賣票的室內（國父紀念館）和免票的室外（新公園）兩種。演出內容有西洋古典音樂，也有中國傳統音樂和民俗音樂。全都由本國的音樂家和音樂團體担綱，主要讓市民認識本國音樂家，進而對他們肯定和刮目相看。

陳暾初回憶說：「果然，第一屆音樂季連續演出二十六場，吸引了六萬市民前往觀賞，有許多從來不到音樂廳的生面孔，也給吸引過去，可說打破國內三十年來的記錄，同時，音樂季耗資五百萬新台幣，動員了工作人員三千人次，並網羅了我國第一流的音樂家和團體，也算是破天荒的大手筆了。當時曾有人認爲辦音樂季花這麼多錢，還不如移作教育之用。但我認爲教育是栽培，文化是果實，功能不一樣，只有民生樂利的國家才會有音樂季，才會有文化建設！」

由於工作負荷過於沉重，在音樂季揭幕之前，市交上下工作人員幾乎都累倒了。從團長以下，每個人都瘦了一圈。參與音樂季工作的市交秘書張澤民說：「當時我足足瘦了三公斤，不光是我，所有同事也差不多，團長更不用說。我們雖然勞累，登輝先生跟我們一樣辛勞，他只要一有空便過來看我們，即使走不開也會打電話來慰問，一方面關心工作的進展，一方面也給我們打氣。在他的關心與鼓舞下，辛苦也就不算什麼了。」

張澤民舉了一個例子，說明登輝先生對音樂季工作的關切和投入。他說：「音樂季開幕前，剛好台北市在鬧乾旱，市區節制用水。沒有水，國父紀念館的冷氣動不了，李市長知道後，立刻下令請消防隊支援，到碧潭抽水前來啓動冷氣，使音樂季能如期揭幕。當聽衆舒適地坐在冷氣中聆賞音樂，誰都不知道李市長爲冷氣問題在煞費心思！」

第一屆音樂季結束後，登輝先生根據觀衆意見調查的結果，內容作了修正和調整，以致第二年增加了舞蹈項目，成爲「音樂舞蹈季」。

張澤民說當「雲門舞集」在青年公園揭開了「音樂舞蹈季」的序幕時，李市長身穿便裝，跟市民們一起坐在草地上欣賞演出，登輝先生强調室外演出，目的在吸引更多觀衆的參與。同時還請來專家在現場講解，使觀衆對舞碼內涵所表達的意義，有更深一層的認識。

登輝先生担任省主席時，也秉持着同樣的理念。省立交響樂團的鄧漢錦團長說：「主席到任後，省交還來不及邀請，他便主動先來巡視了。他聆聽我們的演奏後，鼓勵有加，希望在演奏技巧上更上層樓，使這個歷史最久的交響樂團，成爲一流樂團。他還指示我們，交響樂不能只關起門來練習，要走入羣衆，配合地方文化活動，經常到各地作巡迴演出，讓民衆有機會接觸精緻文化，帶動台灣的音樂水準。」

登輝先生眞是語重心長，經由他積極的推展，這幾年的確使台灣的音樂活動增多了，水準提昇了。正如曾經參加音樂季演出的旅美女高音鄧先印所說：「原先我以爲像台北市這樣的大城市，本來就應該有這類規模的活動，沒有什麼特殊之處。回來後才曉得，台北是因爲有一位重視文化的李市長，才帶動了這類的藝術季的產生，使大家能夠受益。」

許多人都說：「文藝季、藝術季、國際藝術節這類大型的文化活動，都是音樂季撒下的種子，長出來的苗，撒種者就是李登輝先生！」誠然，這是客觀公允的說法。在此，我們深切盼望主其事者能繼續灌溉，使自由中國的樂壇和文化園地，能開放出更繽紛燦爛的花朵！

用心靈去感受，去體會

——訪李宗球先生

■鍾麗珠

李宗球說：

我一直照著登輝先生所教誨的「用心靈去感受，去體會」，去尋求歌唱技巧的更高境界。登輝先生的知遇之恩，將成爲李宗球超越自我的動力。

由愛才而萌生提攜之心

一齣歌劇的演出，改變了男高音李宗球的前途。

七十四年的「藝術季」，在歌劇「波希米亞人」裡飾演男主角魯道夫的李宗球，宏亮渾厚的男高音贏得滿堂喝采，也贏得在座的李副總統登輝先生的激賞！

對音樂的鑑賞，李登輝先生是行家，他慧眼識英雄，認爲李宗球的音色漂亮，表演也出色，是個具有潛力，不可多得的歌唱人才，他由愛才而萌生提攜之心。

李宗球清楚的記得，演出當晚，他謝幕完畢走回後台，看到市交團長陪同登輝先生過來看他，並跟他握手道賀，還非常親切的問他一些個人與工作方面的狀況。

畢業於政戰學校音樂系的李宗球，天賦條件不錯，加上後天的努力，畢業後經常在音樂會和歌劇中出現，是年輕輩聲樂家中最被看好的一位。他本有心出國進修，使歌唱藝術更上層樓，却礙於軍職在身，無法如願。「那晚，當登輝先生問起，知道我有意出國深造，當場表示願意協助我達成心願。他要我準備資料送交國防部有關單位。後來雖然經歷了一些波折，但終於如願以償，前往奧地利作爲期二年的進修。」李宗球說。

李宗球是透過在奧國的歌劇導演王斯本的幫助，取得參加維也納國立音樂學院入學考試資格。他同時考取國立音樂學院和市立音樂學院。

對登輝先生和陳暾初團長的厚愛與栽培，李宗球一直感激在心。出國前，他特地前往官邸表示感謝並辭行。登輝先生對他說的一番話，他至今仍銘記在心，永不忘懷。登輝先生說：「希望你出去後，好好用功，努力學習。歌唱是要多多用心靈去感受，去體會，才會深刻感人！」

在維也納求學期間，李宗球的表現一直不錯，他曾參加學校的演出，在普西尼的歌劇「蝴蝶夫人」與法國民族歌劇「一個詼諧的女人」中，都有很傑出的表現，深獲台下觀眾的好評。

回國繳交成績單

兩年後，李宗球順利的拿到歌劇班演唱家的文憑，束裝返國。返國後的第一件事便是到總統府晋見登輝先生，登輝先生垂詢了許多有關他在國外學習的情況，很是欣慰。

李宗球回國後交出的第一張成績單是演出威爾第的大型歌劇「阿依達」，登輝先生偕同夫人前來觀賞，印證一下他深造的成績，結果非常滿意，副總統伉儷還特地到後台來恭賀。夫人關切的問，「演大型的歌劇會不會緊張？」

目前，李宗球除擔任政戰學校音樂系講師外，演出不斷。「新韻樂坊」、「歌聲滿人間」、「歌聲滿校園」，他都參加演出。五月十九日參加過總統就職慶祝晚會後，六月還要到香港和美國演出。

兩年的進修，李宗球解開了自己聲音技巧上的一些疑點。經常觀摩世界級聲樂家的演唱，也改變了他對歌唱的某些觀念，在演技方面，他的體會更深。

出國進修是李宗球歌唱生涯的轉捩點。他說：「我一直照著登輝先生所教誨的『用心靈去感受，去體會』去尋求歌唱技巧的更高境界，至今不忘。」對登輝先生的知遇之恩，李宗球銘感五內，將成爲他超越自我的永遠的動力。

李宗球，民國四十二年六月生，浙江麗水人。政戰學校音樂系、奧地利維也納市立音樂院歌劇班畢業。曾演出大型歌劇「波西米亞人」、「阿依達」、「蝴蝶夫人」等，中文歌劇「西廂記」、「白蛇傳」、「西遊記」，是台北「新韻樂坊」創始團員，現任敎於政戰學校音樂系。

看到悲苦處，他和觀眾一樣落淚

——訪楊麗花女士

■鍾麗珠

登輝先生說：
爲楊麗花證婚不是作秀，
而是代表省民對楊小姐不計酬勞，
到各地巡迴演出的辛勞，
所作的一點回報和祝賀。

李登輝先生一向主張把藝術主動帶給人民，擔任台北市長時如此，當省主席時還是一樣，希望藝術能與人民的生活打成一片，達到人人愛藝術、人人生活裡有文化的境界。於是，他動用了最有效的一著棋——請歌仔戲紅星楊麗花到全省各地巡迴演出。

歌仔戲是台灣民間最受歡迎的戲劇，而楊麗花又是歌仔戲迷的「最愛」。但楊麗花很少在舞台上演出，戲迷們要看她，只能在電視螢光幕看，無法親眼目睹她眞實的丰采，還是不過癮。因此，登輝先生特別邀請她到全省各偏遠的鄉村漁港演出，造成了空前的大震撼。登輝先生希望藉著這次的演出，提醒各界重視民間藝術，帶動地方人士努力推動文化活動。

邀請楊麗花下鄉演出

登輝先生倡導文化的熱忱，首先感動了楊麗花，她不計酬勞，不辭勞苦的兩度下鄉演出。足跡遍及全省的農、漁、鹽、礦地區。那種盛況洗去了她們的疲勞，也感動了全體演出人員。楊麗花說：

「我們每到一個地方，就是那個地方上的大事，他們匆匆的吃過晚飯，扶老携幼，闔家聚集到演出的地點，等待我們上戲。每次觀衆至少都有一兩萬人，我從台上看下去，只看到黑壓壓一片，我感動得都快掉眼淚了。」

對於楊麗花的鼎力襄助，登輝先生也感激在心。當楊麗花結婚，特地敦請登輝先生福證時，一向不爲私人證婚的登輝先生破例的慨然應允，造成一段佳話，也造成當年李主席的困擾。一位省議員在省政質詢中，故意冷嘲熱諷的說：「以堂堂省主席之尊，前往替歌仔戲明星主持證婚，讓很多人羨慕，也讓很多人不解，究竟何人結婚才有資格請到主席福證？」他還追問登輝先生是不是抱著湊熱鬧和做秀的心態去證婚的？

登輝先生答得很妙，他說他一向最討厭作秀，也不會作秀。爲楊小姐證婚是代表省民對楊小姐不計酬勞，到各地巡迴演出的辛勞，所作的一點回報和祝賀。他還特別强調：「不是別人要我去我就去，不是那麼簡單的！」

登輝先生救了好人一命

自從「文化下鄉」那次合作之後，楊麗花伉儷便與總統成了朋友，直到現在他們還經常來往。「以前我們夫婦常跟登輝先生與夫人打高爾夫。登輝先生的球技很高，他還常常指正我該怎樣揮桿，怎樣進洞。偶然我們也會到官邸請安，登輝先生只要有空，一定會坐下來跟我們聊天，他如有事，我們便跟夫人話家常。跟登輝先生的閑聊中，我發現他的家庭觀念特別重，他常常講些夫婦相處之道來教誨我們，使我們受益不少。」

楊麗花說，登輝先生是性情中人，對歌仔戲也很有興趣。「我在國父紀念館演出『漁娘』時，他從頭看到完。看到悲苦時，也和所有觀衆一樣落淚。」

「漁娘」是齣苦戲，雖然是宣揚忠孝節義，却是悲劇收場。「登輝先生認爲這樣一個忠孝兩全的人，結局卻安排他慘死，太殘酷了。建議最好改爲喜劇收場。結果我們眞的聽從他的建議把結局改了，改爲當劇中主角的番邦妻子在茶中放毒藥要毒死他時，毒茶却給丫頭拿走了，好人死不成，皆大歡喜。當修改過的劇本上演時，觀衆看到緊張處，正要掏出手帕拭淚，沒想到是個大團圓的結果，大家都破涕爲笑，都感激登輝先生救了好人一命。」

楊麗花說，有赤子之心的登輝先生是好人，好人一定會當好總統，她由衷的祝福他！

楊麗花，民國卅四年生，宜蘭人。爲知名歌仔戲演員，現爲台視歌仔戲團團長。

珍藏的脚本眞跡

——李總統與台視「歌謠五十年」

■游國謙

李主席和夫人，
竟然爲了「歌謠五十年」的脚本，也熬了一整夜，
整個脚本就像老師修改學生作業般，
在脚本的每一頁，
密密麻麻的充滿了夫婦倆用心寫出的補述，
加註和訂正的筆跡。

熱愛民俗歌謠

記得是在七十二年十月十九日星期三的下午，當時擔任省主席的李登輝先生在參加中常會之後約見了我，陪同我前往晉見的是當時擔任省新聞處長的鍾振宏先生。

由於當天安排與李主席會見的賓客很多，行程緊湊，僅給我十五分鐘的會見時間，因此，李主席一見面就開門見山的問我：

「我很重視台灣光復節，尤其是爲光復節製播的特別節目，我很想知道你如何以『歌謠五十年』來反映本省在不同階段的社會背景與生活環境？」

我的回答是，從本省音樂及民俗歌謠創作型態的轉變歷程中，可以發現，約略每隔十年，隨著政治與經濟成長的階段性變化，就會有一次轉型。第一個十年，從民國十七年開始，在那一年本省出現第一首創作歌謠「桃花泣血記」的電影插曲，到民國廿七年宣佈對日抗戰，日本軍閥在台灣全面實施皇民化運動、嚴格禁唱本省歌謠爲止。在這十年之中，本省作曲家譜寫了不少流傳至今的民俗歌謠，這些歌謠均明顯表現出當時本省同胞飽受日本軍閥的欺壓，處於痛苦環境中的鬱悶。

李主席熟稔地順口舉出了當時比較知名的作者與作品，他說：「我知道在這個階段出現了不少民間作曲家，像『望春風』的鄧雨賢先生，『雨夜花』的周添旺先生，『心酸酸』的姚讚福先生，『白牡丹』的陳秋霖先生，『阮不知啦』的吳成家先生等……。」

我頓時感受到李主席對本省民俗歌謠有一份熱愛。我繼續提到從民國三十四年本省光復初期，很多作曲家紛紛從大陸內地或日本回國，使整個本省民俗歌壇呈現如雨後春筍般的蓬勃景象。我特別舉出了很多作者及其作品，像楊三郎的「望你早歸」，王靈峯的「補破網」，張邱東松的「燒肉粽」等。

李主席也如數家珍般的接著舉出：

「還有許石先生也發表了很多，像『安平追想曲』，呂泉生教授的『杯底不通飼金魚』也很有水準！不過，有一點很重要，你必須要强調，八年抗戰是我們中華民族有史以來抵禦外侮最痛苦的艱辛歲月，也是我國音樂教育史上最輝煌的一個時代。像黃自教授，還有他的得意門生劉雪庵先生，他們寫了很多十分激昂的愛國歌曲，像『旗正飄飄』、『杜鵑花』、『長城謠』、『西子姑娘』等等，當然當時還有很多作曲家的作品，都是膾炙人口，傳誦不衰的好歌……，這些作品在光復初期都隨著政府遷台而流入本省歌壇！改變了本省音樂的體質，這是非常重要的事實！」

由於感佩李主席對音樂的認識，我有點失態地提高聲調說：

「沒想到李主席，不但是農業的主席，也是音樂的主席！」

一個下午兩度約見

李主席淡然地繼續他的見解：「光復初期，本省民俗歌謠的確出現一股創作的熱潮，而在音樂方面也是一片大好景象！」

「是的，根據我個人的了解，光復不久，由於美國第七艦隊龐大編組的爵士樂團，爲了宣慰駐台美軍，首度到台灣來巡迴演奏，爲本省樂壇帶來了一片爵士樂的流行風潮，成爲這個階段的主導樂風！」

「這點我不大同意，」李主席强調：「爵士樂在這個時期只能說是一陣旋風，基本上在這個階段的主導樂風應該是Blues！」

於是，我們爲了這點不同的看法起了爭論，而且爭議不休，使得旁聽的鍾處長以及機要人員只好以約見時間已到爲理由，想結束這場尷尬的對峙場面，但是李主席却欲罷不能，他很肯定的表示：

「不！我們需要好好的再談談！」

接著，我們又因提出的實例而開始爭執、爭論的範圍，擴大到「民族音樂的語法與如何保存高度民族文化上的『血統』」等等，愈談愈融洽的進行了一個多小時，這時經不起機要人員一再的催促，李主席只好暫時打上休止符，興致勃勃的約我在兩個小時後還要繼續見面研究。

這是我畢生最感殊榮的一刻，正如第二天中國時報所報導的：李主席在百忙中仍然心繫本省鄉土音樂，開創一個下午兩度約見電視節目製作人的先例。

爲修改腳本而熬夜

爲了回報李主席對本省民俗歌謠與音樂的這份感性的執著，當天晚上我熬夜趕寫了「歌謠五十年」的脚本，第二天一早呈交李主席。

沒想到當我依脚本內容提早進棚錄影，完成「歌謠五十年」播出帶之後。突然又接到鍾處長的指示，要我連夜趕往台中，於第二天清晨在中興新村三度晉見李主席。這次約見令我感到驚訝的是，李主席和夫人，竟然爲了「歌謠五十年」的脚本，也熬了一整夜，整個脚本就像老師修改學生作業般的，在脚本的每一頁，密密痲痲的寫滿了夫婦倆用心寫出的補述、加註和訂正的筆跡。李主席並且還當面以口頭補充一些臨時想到的看法。

李主席强調：「由於全國上下胼手胝足、披荊斬棘、團結奮鬥，使得各行各業在邁入四〇年代後，有了相當顯著的改變和進步，其中電影事業的興起，使得爲劇情需要而譜寫的主題歌曲大行其道，加上這個階段的廣播事業如日中天，更帶給本省樂壇與歌壇空前的繁榮。」

我很同意這種看法，連忙當場記下了筆記。李主席又特別翻開脚本內頁，指著李夫人的筆跡，同時補充李夫人的看法：

「你强調五十年代是『電視傳播時代』，的確，電視帶動不少流行歌曲以及歌手的大量湧現，但是我的內人認爲在這麼多流行歌曲中，不乏散渙人心、消極頹唐，對社會大衆有不良影響的靡靡之音。因此在這個階段值得一提的是出現了一股清流，清澈了一池濁水，那就是一批學術界的熱心人士，努力蒐集並整理本省民謠曲調，開拓了民謠風歌曲的發展空間。」

我一方面感到慚愧，自責爲什麼這麼粗心大意，連這點都忽略了！一方面做筆記，同時低下頭來用心地翻開李夫人在脚本上親筆寫下的其中一段補述：

「在經濟起飛，教育提昇，社會和諧的六〇年代，由於救國團對輔導學生各種課餘休閒活動居功厥偉，使得學生在校園空間逐漸出現了多元化的文化景觀，校園歌曲的豐碩成果應該是六〇年代歌謠史上值得一提的盛事！」

愧疚與願望

對於李主席暨夫人這麼多寶貴的見解，這麼多愛心的付出，還有這麼多有價值的理念，我當然應該立即回台視申請進棚重錄，可是所有的努力都因礙於電視攝影棚的調度不開，竟然未能將李主席暨夫人的心血呈獻給國人，實在對不起他們，也對不起國人，更對不起從事廣播電視節目製作二十多年的良知！尤其是當我事後又聽到李主席告訴我，他爲了準時趕回家看這個節目，特別提前結束了當天光復節的慶祝晚宴，結果呢？儘管他沒有流露出失望或埋怨的神情，可是我已經哽咽的說不出任何理由了。

但願，今年的光復節，我還能有機會，再度製播一次「歌謠五十年」的特別節目，我將把珍藏在身邊多年的脚本眞跡，一字一字的，一句一句的再仔細推敲，把李總統暨夫人對本省民俗歌謠的愛，以及所延伸擴展到對全台灣乃至全中國的愛，完美的做一次成功的演出，以呈現給國人。

游國謙，民國廿七年七月生，台北縣人，國立藝專畢業，曾任台灣電視公司節目製作人、正聲廣播公司節目部經理。現任劍湖遊樂事業公司副總經理。

他是一個「文化總統」

——訪楊三郎夫婦

■宋雅姿

由於李登輝先生年少時即喜愛音樂、美術，
所以早年他還在當公務員時，
雖然生活刻苦，
也捨得花錢爲孩子請音樂、美術方面的家庭教師。
他對藝術教育的重視，
是很早就從自己家裡做起了。
擔任政府首長之後，自然進一步擴及社會。

台陽美展創始人，德高望重的台灣前輩畫家楊三郎先生，少年時，常常利用假日到淡水三芝的舅舅家附近寫生。當時，有一個八、九歲的鄰居小孩，總是好奇的跟前跟後，看他作畫。

那個愛看他作畫的小孩

三年前，時任副總統的李登輝先生，抽空去參觀第四十九屆台陽美展，一見到楊三郎，開口就問：「你那一幅『登塔』還在不在？」楊三郎一面奇怪他有此一問，一面回說：「一時也不記得放到那裏去了！」

李登輝先生笑著告訴楊三郎，當年他可是親眼看著「登塔」完成的。楊三郎這才明白，原來那個愛看他作畫的小孩，就是李登輝。「那個時候，我只是專心一意畫我的圖，並沒注意去看站在背後的人是誰。」（楊三郎後來找出了「登塔」，送給李登輝先生做紀念。）

李登輝先生還興沖沖的告訴楊三郎，他在讀淡水中學的時候，也畫過四十幾張淡水的風景，「但是很可惜，後來都不知去向了。」爲此，他曾經很傷心，也很遺憾爲了專心課業而沒有再作畫。「不過，現在我也在家裏當老師，教孫女畫圖。」去年，他還帶著孫女去看台陽美展，並且開始讓孫女跟著楊三郎學畫。

楊師母——台灣第一位女油畫家許玉燕說，從民國七十六年開始，李登輝先生每年都參觀台陽美展，「看看我們有沒有進步。會員們對李先生的熱誠，都很感動，他實在給我們很多鼓勵。每次見到他來，大家眞歡喜。」

楊三郎和許玉燕雖然沒有看過李登輝先生以前的畫作，但都肯定他對藝術作品的鑑賞力。去年，楊三郎夫婦同時在兩個地方舉行個人的回顧展，李總統都去捧場。他先參觀楊三郎的作品，接著再去看許玉燕的畫展，笑著對她說：「繼續努力！」

許玉燕表示：「我實在很感激總統的關心和勉勵。他對美術界、文化界眞照顧，是一個『文化總統』。」

據許玉燕了解，由於李登輝先生年少時即喜愛音樂、美術，所以早年他還在當公務員時，雖然生活刻苦，也捨得花錢爲孩子請音樂、美術方面的家庭教師。他對藝術教育的重視，是很早就從自己家裏做起了。當了政府首長之後，自然進一步擴及社會。

楊三郎夫婦都認爲，目前社會秩序混亂、治安越來越壞，和國民缺乏文化、藝術教育有關。「最近內政部長許水德還出面請宗教界人士幫忙安定社會人心，其實更重要的是要從教育方面著手，教孩子如何做人。李總統對這方面非常注意。平日談話也常提到——經濟發展固然重要，但文化和教育才是立國的根本。」

他是一個有愛心的總統

楊三郎夫婦都是虔誠的基督徒，以前常和李登輝先生夫人在同一個教會做禮拜，李先生當了總統以後，他們就應邀每月一次到總統官邸做「家庭禮拜」。許玉燕說：「我們一起祈禱，感謝主的恩寵，祈禱中華民國平安、進步、繁榮。」

在許玉燕看來，李總統祈禱時「很有信心」，而且都是爲了國家的事在祈禱。「他也很會唱讚美詩，中氣很旺，唱得很好聽。」

經由「家庭禮拜」這種平實的交往，楊三郎覺得李總統「眞正是一個優秀的人物」——有學識、有信心、有頭腦、有魄力；不只會做事，做人更有涵養。他說：「照我們基督徒的說法，李登輝先生當總統，是上帝的旨意，是上帝支持的。所以，我們的國家可以平安。」

許玉燕表示，在李總統的著作裏、談話中，都强調「愛心」。「他眞正是一個有愛心的總統，對人非常疼惜、體貼。」

譬如去年李總統去參觀許玉燕的畫展，看到她走路不太方便，趕緊上前去攙扶她。八十六歲的楊三郎，耳朵重聽，每次見面，李總統總會主動靠近他的耳邊說話。

許玉燕很喜歡李總統的著作「信仰和愛心」。其中有一段，李總統公子記述：有一天，一大早，父親要帶他去釣魚，他很高興地帶了父親從日本買回來送他的釣魚竿，還有一個漂亮的水壺。而父親卻只是簡陋的拿了一個瓶罐裝水加上蓋子，權充水壺……。每次讀到這裏，許玉燕就忍不住流下淚來。「從這裏可以看出他對兒子的愛心，以及對自己的克勤克儉。」

誠心誠意爲國家辦事

楊三郎也很推崇李總統對青年學生由衷的關愛。他說，去年大陸發生六四天安門事件，李總統萬分難過，常常爲那些獻身民主運動的學生禱告。三月中，全國各大專院校學生在中正紀念堂廣場前靜坐抗議，那幾天，總統眞是寢食難安，還很慈祥的親自接見學生代表。

「這樣民主的總統，那裏去找？」許玉燕說：「我在電視上看到那些學生，很沒有禮貌的指著總統叫『李登輝』，難過得一直掉眼淚。」

楊三郎則說：「還好李總統是一個虔誠的基督徒，常常看聖經、禱告，使他有信心把我們的國家治好。」

那一陣子，爲了提名李元簇先生擔任副總統，李登輝先生飽受攻擊和壓力。「在這種情況下，他也是眞心的禱告！」許玉燕表示，「做禮拜的時候，我就一直安慰總統說：『主會保佑你』！」

楊三郎覺得，李總統是一個「很明朗、不陰沉的人；有熱情、眞聰明，對社會各界都很關心，對各方面都很清楚，誠心誠意在爲我們的國家辦事。」

許玉燕也衷心的說：「我們有這樣的總統，實在很幸福。全國人民應該支持他，不要讓他爲難，讓他好好做事，使我們的國家更進步、更安定！」

楊三郎，民國前五年生，台北市人。曾赴日本、法國等地研習繪畫，並與畫友共創台陽畫會，推動台灣西畫風氣。現專事繪畫。

李登輝先生年表

民國十二年（一九二三年）

一月十五日，誕生於台北縣三芝鄉源興居。父李金龍，李登輝在家排行第二，另有一兄（登欽）一弟（炳楠）。

民國十八年（一九二九年）

就讀汐止國小。（後轉至三芝、淡水就讀）

民國二十四年（一九三五年）

三月，淡水公學校畢業。

民國二十五年（一九三六年）

淡水公學校高等科結業。

民國二十六年（一九三七年）

入淡水中學就讀。

民國三十年（一九四一年）

入台北高等學校就讀。

民國三十二年（一九四三年）

負笈日本，在京都帝國大學農業部農林經濟科攻讀。

民國三十五年（一九四六年）

返國，就讀國立台灣大學農業經濟系。就學期間，曾任農學院代表會主席。

民國三十八年（一九四九年）

台灣大學畢業，留校任助教；與同鄉曾文惠女士結婚。

民國四十年（一九五一年）

長子李憲文出生。

民國四十一年（一九五二年）

考上公費留學，赴美國愛荷華大學做了一年半研究生。

長女李安娜出生。

民國四十二年（一九五三年）

返台，在台灣大學任教，並兼任省合作金庫研究員。

民國四十三年（一九五四年）

任教台大。並擔任省農林廳技正兼經濟分析股股長。

次女李安妮出生。

民國四十六年（一九五七年）

除任教台大外，轉入農復會工作，歷任技佐、技正，隨後轉任農業經濟組組長。

民國五十四年（一九六五年）

獲美國洛克菲勒農業經濟協會及康乃爾大學聯合獎學金，赴美國康乃爾大學攻讀博士學位。

民國五十七年（一九六八年）

獲康乃爾大學農經博士，並以論文「台灣經濟發展與農・工間資本移動問題（一八九五～一九六〇）」，榮獲當年全美農業經濟學會最優博士論文獎。

民國五十八年（一九六九年）

任台大農經系教授，兼農復會顧問。

民國六十一年（一九七二年）

出任行政院政務委員。

民國六十七年（一九七八年）

出任台北市長。辭台灣大學、農復會職務。

民國六十八年（一九七九年）

被提名為中國國民黨中央常務委員。積極推動「台北藝術季」。

五月，獨子李憲文與張月雲結婚。

民國六十九年（一九八〇年）

三月，長女李安娜與榮總醫師黃循武結婚。

民國七十年（一九八一年）

擔任台灣省政府主席。

次女李安妮與時任東吳講師、現任政大副教授賴國洲先生結婚。

李憲文之女李坤儀出生（小名巧巧）。

民國七十一年（一九八二年）

三月，獨子李憲文因鼻癌病逝。

民國七十三年（一九八四年）

三月二十二日，當選爲中華民國第七任副總統。

民國七十七年（一九八八年）

一月十三日，蔣總統經國先生逝世。依憲法規定繼任中華民國總統，並代理中國國民黨主席。七月中國國民黨十三全會推舉爲黨主席。

民國七十九年（一九九〇年）

二月，獲國民黨臨中全會提名爲第八任總統侯選人。三月二十一日，當選第八任總統，五月二十日就職。

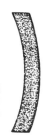

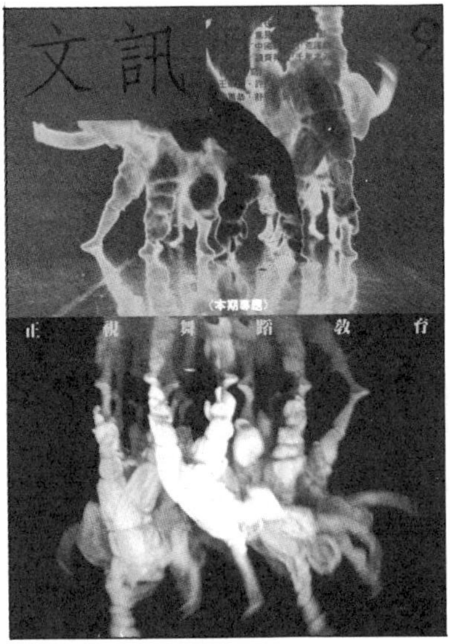

文訊
〈本期專題〉
正視舞蹈教育

文訊叢刊⑫

信心・智慧與行動

李登輝先生的人格與風格

主　　編／文訊雜誌社
封面設計／劉　開
內頁完稿／詹淑美

發 行 人／蔣　震
出 版 者／文訊雜誌社
社　　址／臺北市林森北路七號
電　　話／(02)3930278・3946103
編 輯 部／臺北市復興南路一段127號三樓
電　　話／(02)7711171・7412364
傳　　眞／(02)7529186

總 經 銷／聯經出版事業公司
地　　址／臺北縣汐止鎮大同路一段367號三樓
電　　話／(02)6422629代表號
印　　刷／裕臺公司中華印刷廠
臺北縣新店市大坪林寶強路六號

定價160元(如有缺頁、破損、請寄回本社調換)
郵撥帳號第12106756號文訊雜誌社

中華民國七十九年九月初版
中華民國七十九年十月二版
中華民國七十九年十一月三版